Teleduwiol

Gareth Miles

Argraffiad cyntaf: 2010

ⓗ Gareth Miles/Gwasg Carreg Gwalch

Rhif rhyngwladol: 978-1-84527-296-8

Mae'r cyhoeddwr yn cydnabod cefnogaeth ariannol
Cyngor Llyfrau Cymru

Darlun clawr: Anthony Evans

Cyhoeddwyd gan Wasg Carreg Gwalch,
12 Iard yr Orsaf, Llanrwst, Conwy, LL26 0EH.
Ffôn: 01492 642031 Ffacs: 01492 641502
e-bost: llyfrau@carreg-gwalch.com
lle ar y we: www.carreg-gwalch.com

Cyflwynedig i goffadwriaeth Jean Baptiste Poquelin
(Molière)
a Daniel Owen

ABATY FOTHERINGAY

Beth ydyw?

Cymuned o fynachod Anglicanaidd sydd wedi ymrwymo i fyw yn unol â dehongliad modern o Reolau Sant Bened (St Benedict) gan arddel:

tlodi: trwy gyflwyno holl ffrwyth eu llafur i wasanaeth Duw;

diweirdeb: cyd-fyw mewn cariad heb feddiannu na rheoli unrhyw un arall;

ffyddlondeb: trwy alltudio hunanoldeb a chydymffurfio'n wastadol â dymuniadau a dyheadau'r Gymuned gyfan.

Disgwylir i aelodau'r Gymuned ei gwasanaethu hi a'r gymdeithas ehangach y mae'n rhan ohoni trwy arfer, dan arweiniad yr Ysbryd Glân, eu dysg a'u dawn fel athrawon, meddygon, gweinyddwyr, artistiaid, crefftwyr, neu bobl fusnes.

Derbynia'r Gymuned ei dyletswydd o weddïo'n feunyddiol dros y ddynoliaeth.

Perthyn Abaty Fotheringay i rwydwaith rhyngwladol o fynachdai Benedictaidd sy'n cynnwys sefydliadau sy'n arddel perthynas ag Eglwys Rufain ac eglwysi Lutheraidd yn ogystal â'r Eglwys Anglicanaidd.

Hanes

Sefydlwyd y Gymuned yn y flwyddyn 1895 gan y Brawd Charles Seymor Stanforth, yr abad cyntaf, a ddaeth i amlygrwydd cenedlaethol ar ddechrau'r ugeinfed ganrif fel cymodwr rhwng cyflogwyr a'u gweithwyr ac a wobrwywyd â'r CBE gan y Brenin Siôr V yn 1920. Mae olynwyr y Brawd Charles a'i gyfoedion wedi parhau i arddel yr un athrawiaeth gwerthoedd cymdeithasol hyd y dydd heddiw.

Adeiladwyd yr abaty, a gwblhawyd yn 1905, gan y Brodyr eu hunain ac fe'i hystyrir yn gampwaith pensaernïol yn arddull neo-gothig y cyfnod Edwardaidd.

Ble ydym ni?

Saif yr abaty ar gyrion pentref Fotheringay ym mherfeddion cefn gwlad godidog Swydd Northampton, nid nepell o adfeilion y castell enwog y carcharwyd Mary Stewart – Mary, Queen of Scots – ynddo yn 1586 a lle y dienyddiwyd hi y flwyddyn ganlynol. Mae gan yr abaty berthynas glòs iawn ag Eglwys Mair a'r Holl Saint (15g), a saif ynghanol y pentref – campwaith pensaernïol arall y bydd y Brodyr a chyfeillion yr abaty yn addoli ynddo yn rheolaidd.

Gwasanaethau a chyfleusterau

Darperir ystafelloedd ar gyfer ymwelwyr sydd am brofi ysbrydolrwydd a defosiwn y bywyd mynachaidd. Dyma ddywedodd gohebydd *The Times* yn ddiweddar am Abaty Fotheringay: 'Man i fynd iddo am ddiwrnod o wyliau pan fo angen chwech wythnos arnoch.'

Cynhelir enciliadau sy'n caniatáu i wŷr a merched a ddryswyd gan ofynion gyrfa, pwysau gwaith a phrysurdeb gorffwyll y byd modern wrando ar lais Duw a mwynhau ei gariad dihysbydd Ef atom.

Llwyddwyd i ryddhau cannoedd o bobl o bob oedran o ddibyniaeth ar alcohol a chyffuriau eraill.

Awdurdodwyd aelodau'r Gymuned i wrando cyffesion ac i weinyddu cymodau ewcharistaidd ac mae pob un ohonynt yn fwy na pharod, yn wastadol, i fod yn gyfarwyddwr ysbrydol, yn gyfaill eneidegol neu yn gydymaith crefyddol i ymwelwyr a gwesteion.

Abaty Fotheringay a Chymru

Er pan ymunodd y Brawd Tudur ap Trefor â'r Gymuned yn 2001, bu cynnydd sylweddol yn nifer ein hymwelwyr o Gymru, yn enwedig Cymry Cymraeg. Diau mai'r pennaf rheswm am hynny yw bod Tudur yn gallu trafod materion dwfn yr enaid gyda hwy yn eu mamiaith a'i fod wedi ei drwytho yn niwylliant Cymru ac yng nghyfraniad unigryw ei genedl i Gristnogaeth gwledydd Prydain, Ewrop a'r byd. 'Dewch i Abaty Fotheringay i brofi'r "hedd na ŵyr y byd amdano",' yw neges y Brawd Tudur i'w gydwladwyr. 'Dyma "le i enaid gael llonydd".'

1

Gynted ag y safodd y tacsi o flaen Canolfan Deledu Sidonia
– capel Caersidon (M.C.) gynt – dihangodd Myfanwy
Morgan o'r sedd gefn gan anwybyddu 'Good afternoon,
madam,' y gyrrwr a chau drws y cerbyd yn glep ar ei hôl.
Sbonciodd fel wiwer i fyny'r grisiau ithfaen llydan at borth
yr adeilad, agor y drws derw cadarn a chamu i mewn i
dderbynfa lachar a fu unwaith yn lobi ac yn limbo rhwng
byd ac eglwys.

'Pnawn da, sud fedra i'ch helpu chi?' holodd merch
ifanc o du ôl i'r ddesg.

'Trwy agor hwn imi, mechan i,' ebe Myfanwy Morgan
a'i llaw eisoes ar handlen drws rhwng y dderbynfa ac
adrannau eraill y ganolfan.

'Sgiwsiwch fi'n gofyn, ond pwy ydach chi isio'i weld?'

'Pawb. Yn enwedig fy mab pan ddaw o 'nôl o Mericia.'

'O! Chi ydi Mrs Morgan, mam Madog? Sorri! Nabodis
i mono chi! Wsnos yma ddechreuis i, ylwch, am bod Siân ar
mamolaeth-maternity. Newch chi seinio hwn imi, plis, Mrs
Morgan?'

'Mi fydda Siân yn gneud drosta i.'

'Fasa well gin i i chi neud, plis, a finna newydd ddechra.'

'Biwrocratiaeth felltith!' ochneidiodd yr hen wraig a
mynd at y ddesg i daro ei henw, ei llofnod a dyddiad ac
amser ei hymweliad ar y ffurflen a gyflwynwyd iddi â gwên
siriol a fuasai wedi ei meirioli oni bai am y styden arian

rhwng gên a gwefus yr eneth a'r bronnau hufennog, swmpus a ddatgelid gan *décolletage* dwfn y top porffor.

'A be di'ch enw *chi?*' holodd Mrs Morgan wrth sgriffio.

'Winnie.'

'Wedi'ch enwi ar ôl yr awdures Winnie Parry? Neu Winni Ffinni Hadog?'

'Sorri?'

'Winni Ffinni Hadog. Un o gymeriada *Te yn y Grug*, Kate Roberts.'

'Naci. Winsconsin ydi'n enw iawn i.'

'Pam yn y byd mawr galwon nhw chi'n "Winsconsin"?'

'Mam oedd yn lecio'r enw.'

'Rydach chi'n lwcus alwodd hi mono chi'n "Massachusetts" neu "New Jersey"!'

'Ydw, tydw?'

Gwasgodd Winnie fotwm a daeth chwyrniad o gyfeiriad y drws. 'Dyna chi, Mrs Morgan,' meddai dan wenu ond nid mor glên ag o'r blaen. 'Gewch chi fynd i mewn rŵan. Welwch chi Dafydd a Marian a Gwion yn y Brif Swyddfa.'

Pan drowyd llawr y capel yn 'Brif Swyddfa', yr unig ddodrefn eglwysig a gafodd aros oedd y pulpud a'r sedd fawr. Yn y naill, safai sgrin blasma anferth yn darlledu cynyrchiadau diweddaraf Telesidonia tra eisteddai rhenc o sgriniau llai yn y llall, yn gwneud yr un modd â chynnyrch cwmnïau eraill. Uchlaw'r pulpud darlledai stribed electronig y newyddion diweddaraf:

... YR ARLYWYDD BUSH I YMWELD Â PHRYDAIN YMHEN MIS ... SENEDD SAN STEFFAN ... YN TRAFOD DEDDF ATAL TERFYSGAETH NEWYDD ... APÊL Y PRIFWEINIDOG, NICK GRIFFIN ...

'MAE'N DDYLETSWYDD ARNOM I WARCHOD DEMOCRATIAETH A'R GWERTHOEDD Y SAFODD PRYDAIN FAWR DROSTYNT ERS CANRIFOEDD, MEWN DAU RYFEL BYD AC YN FWY DIWEDDAR YN IRAN, IRAC, AFFGANISTAN A PHACISTAN, ... PROTESTIADAU YN LLUNDAIN, CAERDYDD A DINASOEDD ERAILL ... 356 WEDI EU RESTIO HYD YN HYN ... CYNLLUN I DROI YNYS MÔN YN GANOLFAN SIOPA DAN-DO FWYAF EWROP ... LLADD 5 AELOD O'R GWARCHODLU CYMREIG YM MHACISTAN ... FFRAE NEWYDD YNGLŶN AG ETIFEDDIAETH MICHAEL JACKSON...

Lle bu gwagle a galeri roedd nenfwd isel, wen. Alltudiwyd y seddi *pitch pine* i rai o dafarndai, clybiau a chartrefi'r Dref ac yn eu lle gosodwyd hanner dwsin o ddesgiau a chyfrifiadur ar bob un ohonynt. Amgylchynid y stafell gan offer a chelfi swyddfa – yn gypyrddau, cabinetau, silffoedd llyfrau, llungopïwyr a ffynnon-oerddwr dryloyw. Roedd dau ddrws gwyn o boptu'r sedd fawr a'r pulpud ac arwydd electrig yn dynodi mai Stiwdio Olygu oedd y tu ôl i'r naill a Stiwdio Sain y tu ôl i'r llall. Cofiai Myfanwy Morgan hwy yn 'Festri'r Bugail a'r Blaenoriaid' ac yn 'Festri'r Plant'.

Gweithiai tri o bobl ifainc yn ddygn wrth dair o'r desgiau. Plant Madog Morgan, Prif Weithredwr Telesidonia, oedd dau o'r rhain: Dafydd, 27, Swyddog Cyllid y cwmni, stwcyn cydnerth, pryd tywyll, fel ei dad, ac un o'i olynwyr yn safle mewnwr tîm rygbi'r Dref; a Marian, 24, bryd golau, lygatlas, yn tynnu fwy ar ôl ei mam, Lea, gwraig gyntaf Madog Morgan. Marian oedd Swyddog Gweinyddol Telesidonia.

Gwion Parri, 30, newyddiadurwr, ymchwilydd, cyflwynydd rhaglenni a chariad Marian, oedd y trydydd. Nid oedd ganddo ef ddiddordeb mewn rygbi nac unrhyw gamp gyffelyb er ei fod yn ŵr ifanc talgryf, heini, a fuasai wedi gwneud blaen-asgellwr peryglus. Gan iddo ddechrau moeli'n ifanc aethai o flaen gofidiau trwy eillio'i ben a'i gaboli'n loyw.

Cododd y tri eu pennau pan glywsant esgidiau bychain, prysur Myfanwy Morgan yn clecian tuag atynt dros y llawr pren. Trodd y bechgyn eu golygon yn ôl at eu sgrinau ar unwaith a dim ond Marian a'i cyfarchodd:

'Helô, Nain!!'

'Unrhyw newydd?' holodd Mrs Morgan yn bryderus.

'Dim er pan ffonis i chi.'

'Tydi hi'n ddiflas?'

'Tydi hi ddim ddim yn argyfwng chwaith. Mi oeddan ddwyawr yn hwyr, fel deudis i wrthach chi, yn gadal JFK, a ma'r ddamwain tua Bae Colwyn yn golygu na fyddan nhw yma am awr arall, go lew.'

'Ydi dy dad a'r Brawd Tudur yn iawn?'

'Toeddan nhw ddim ar gyfyl y ddamwain, Nain. Jest bod 'na dagfeydd mawr ar hyd yr A55.'

'Diflas iawn, iawn ydw i'n galw peth felly,' ochneidiodd Myfanwy a holi'n hunandosturiol: 'Be 'na i efo fi'n hun yn fan hyn am awr arall? Dwi wedi bod ar biga drain drw'r dydd.'

'Pam nad ewch chi i fyny i'r gegin am banad?'

'Ddoi di hefo fi?'

'Faswn i wrth 'y modd, Nain, ond ma gin i lot fawr o

waith dwi isio'i orffan erbyn cyrhaeddan nhw. Ddeuda i wrth Eirlys bo chi yma. Dwi'n siŵr daw hi atach chi gyntad bydd hi'n rhydd.'

'Na, paid, mi rhosa i yma,' ebe Myfanwy Morgan gan osod ei hanbag lledr, gwinau ar y ddesg agosaf at un Marian. Diosgodd ei chôt o frethyn cwiltiog Cymreig, coch a glas a het o'r un deunydd gan ddatgelu costiwm lwyd, gymen ei thoriad, siwmper ddu a mwclis berlau a gwallt brith wedi ei dorri'n gwta. Hawdd y gellid tybio fod gweddw'r Parch. Seimon Llefelys Morgan ddeng mlynedd yn iau na'i 75 oed. Meddai lygaid bywiog a thafod bywiocach fyth.

Gynted ag yr eisteddodd ar gadair grôm a lledr plastig, du, trodd Myfanwy at ei hwyres i ailgydio yn eu sgwrs. Ond craffai honno ar sgrin ei chyfrifiadur yn awr tra gwibiai ei bysedd dros yr allweddau.

Edrychodd Myfanwy Morgan o'i hamgylch ac ochneidio eto. 'Chwith ofnadwy gin i weld y lle 'ma fel mae o, ydi wir, er mor glyfar ydi'ch geriach chi,' ymsonodd yn llafar. 'Cofio'r hen gapal fel roedd o ydw i. Methu peidio. Ma'n rhaid "symud efo'r oes", meddan nhw, ond mwya'n byd y clywa i'r hen ystrydeb yna, mwya'n byd fydda i'n holi, "Symud i le?" A mi fydd fy meddwl i'n mynd yn ôl i'r dyddia pan oedd yma addoldy – Capal Caersidon, capal mwya'r Dre. Cofio oedfaon melys iawn, cymanfaoedd canu, cyfarfodydd pregethu, sasiyna, sasiyna plant, cyfarfodydd misol yr henaduriaeth ac yn y blaen. Cofio gweld a chlwad utgyrn arian yr enwad yn y pulpud acw – a'ch taid chi, Dafydd a Marian, ymhlith yr huotla; peidiwch chi ag anghofio hynny... A'r hen sêt fawr a'i llond hi o ddynion pwysica'r Dre – y sir, hyd yn oed, ac amball un yn enwog drwy Gymru. Y Prif Gwnstabl – "Chief" fydda pawb yn ei alw fo, prifathro'r ysgol ramadeg – Batus oedd hedmastr yr Higher Grade, bancwyr, cyfreithwyr. Dynion o bwys, bob un. Chwith ar eu hola nhw. Ydi wir...'

Gan na tharfodd ei hatgofion ar ddiwydrwydd y bobl ifainc cododd Myfanwy a mynd o amgylch y desgiau deirgwaith cyn sefyll y tu ôl i Marian a rhythu dros ei hysgwydd ar sgrin y cyfrifiadur.

'Be'n union ydi'r holl ffigyra 'na, Marian?' holodd.

Daliodd y ferch ifanc ati i deipio am rai eiliadau cyn ateb: 'Mantolen chwarterol ar gyfar cwarfod nesa'r Bwrdd, Nain.'

'Pa fwrdd ydi hwnnw, mechan i? Bwrdd y gegin, bwrdd cinio, bwrdd biliards 'ta bwrdd ping-pong?'

'Bwrdd Ymddiriedolwyr Telesidonia,' ebe Marian mor amyneddgar ag y gallai.

'Deud ti,' ebe'r nain gyda gwên gynnil. 'Fydd 'na olwg dipyn iachach arni'n o fuan.'

'Golwg iachach ar be? Am be dach chi'n sôn?'

'Y "fantolen" rwt ti'n ei theipio mor ddygn. Mi ddyla'r nesa fod yn werth ei gweld, diolch i lwyddiant dy dad yn Mericia. Fo a'r Brawd Tudur, wrth gwrs. A ma 'na rywfaint o'r clod yn ddyledus i mi, os ca' i ddeud.'

'Sut felly, Nain?' ymyrrodd Dafydd er mwyn i'w chwaer gael llonydd.

'Pan gafodd 'ych tad ei *break-down*, fi awgrymodd y galla sbel yn Fotheringay Abbey fod o les iddo fo. Mi wrandawodd arna i, am unwaith, diolch i'r Nefoedd; cwarfod y Brawd Tudur a'i helpodd o i ailgydio'n y ffydd y magwyd o ynddi ac, ar ben hynny, i gysylltu efo'r bobol 'ma yn Mericia sy'n mynd i achub 'ych cwmni chi, *and the rest is history*, chwadal y Sais.'

'Ma hi'n rhy gynnar inni fedru deud i sicrwydd bod eu trip nhw i'r *US of A* yn un hanesyddol,' ebe Dafydd.

'Gwas Duw ydi'r Brawd Tudur,' meddai Myfanwy Morgan, 'a ma'r Brenin Mawr yn bownd o fendithio'i lafur o.'

'Mae o'n ddyn clyfar iawn,' ebe Dafydd.

'Ac yn ddyn da iawn,' mynnodd ei nain fel y canodd y ffôn ar ddesg Marian. Cododd hithau'r derbynnydd a chyfarch y galwr gyda serchogrwydd proffesiynol:

'Pnawn da, Telesidonia... Marian yn siarad... Siŵr iawn... O helô, Lona... Nacdi, cofiwch... Plên yn hwyr a thraffig ofnadwy ar yr A55... Do, mi gafodd drip gwerth chweil, allwn i feddwl... Wyddon ni yma fawr ddim am fanylion y cytundeb, ond ma petha'n edrach yn addawol iawn, iawn... Mi 'na i, Lona... Ga' i ofyn iddo fo roid caniad ichi bora fory?... Diolch yn fawr, Lona... Hwyl.'

'Pwy oedd hon'na?' gofynnodd Myfanwy Morgan fel y dodai Marian y derbynnydd yn ôl yn ei le.

'Y Frenhinas,' ebe Dafydd.

'Siarad yn gall, hogyn!' gorchmynodd ei nain.

'Wir-yr. Brenhines ein Llun. Teyrn ein Teli,' ebe Dafydd dan chwerthin wrth esbonio pwy ffoniodd.

'Wedi ecseitio'n lân!' meddai Marian.

'Rwy'n siŵr,' ebe Gwion yn sych.

Sylwodd Myfanwy Morgan ar ddiffyg brwdfrydedd y gŵr ifanc penfoel a holodd: 'Tydach chi ddim wedi gwirioni gymaint â phawb arall, Gwion?'

'Ges i 'bach o drafferth 'da nhw tra oeddwn i'n gweithio i Gymorth Cristnogol yn Uganda,' atebodd Gwion ac egluro sut y bu sianeli radio a theledu Affricanaidd Godsworks yn ei gyhuddo o hyrwyddo anfoesoldeb am iddo annog dosbarthu condoms yn rhad ac am ddim fel rhan o'r ymgyrch yn erbyn Aids. 'Ond esgus oedd hynny,' ychwanegodd, 'am bo fi'n beio'r IMF, Banc y Byd a'r Gymuned Ewropeaidd am orfodi gwledydd tlawd i fasnachu ar delere anffafriol. Mae gwledydd Hemisffer y De yn cael eu rheibio'n waeth nawr na phan oedden nhw'n drefedigaethe.'

'Ddylach chi ddim fod wedi cymysgu politics a chrefydd, Gwion,' dyfarnodd Myfanwy Morgan. 'Camgymeriad mawr bob tro. Mi ofalodd Seimon eu cadw nhw ar wahân ar ôl tynnu'r blaenoriaid yn ei ben am gymharu boddi Cwm Tryweryn â'r dilyw.'

'Ma ofan arno i taw dynon tebyg i'r rheini yw blaenoriaid Godsworks. Gewn ni weld,' ebe Gwion ac ailgydio yn ei waith.

Cylchdrodd yr hen wraig y stafell ddwywaith eto cyn sefyll tu ôl i Dafydd a holi: Be wt ti'n deipio, Dafydd?'

'Adroddiad,' ebe hwnnw heb roi'r gorau i'w orchwyl nes i'w nain draethu:

'Dwy gwningen fechan
    Yn eistedd ger y llwyn,
Un yn gwrando'n hapus
    Ar gân yr adar mwyn,
A'r llall â'i phawen felfed
    Yn rhwbio blaen ei thrwyn.'

'Ydach chi'n teimlo'n iawn, Nain?' holodd yr ŵyr.
'Dyna be dwi'n alw'n adroddiad,' atebodd hithau.
'Go brin basa Ymddiriedolwyr Telesidonia'n gwerthfawrogi hyn'na,' ychwanegodd Dafydd.
'Neb ar gyfyl y lle wedi clwad sôn am I. D. Hooson,

16

decini,' chwyrnodd ei nain. 'Does ryfadd yn y byd bod teledu Cymraeg mor drybeilig o sâl. Dim byd ond rygbi, cartŵns, tai a dillad y crachach, a dramâu am bobol yn rhwygo ac yn rhegi, cwffio, meddwi a godinebu. Hyd yn oed yng Nghwmderi! Siŵr gin i bod Harri Parri, Bella a Jacob Ellis yn troi'n eu bedda. Ninna wedi disgwl gweld a chlwad y diwylliant Cymraeg ar ei ora, cerdd dant a chora mawr, sgyrsia ysgolheigaidd ar farddoniaeth, llenyddiaeth a chrefydd, a dramâu Saunders Lewis a John Gwilym Jones rownd y ril, nid sgetshys anllad mewn bratiaith. Be nath yr iaith Gymraeg druan i gael ei cham-drin mor drybeilig? Fasa waeth i raglenni S4C a Radio Cymru fod mewn Seusnag go-iawn ddim. Gâi honno fwy o barch gin y cnafon. I feddwl bod Gwynfor Evans wedi mentro'i fywyd er mwyn y fath sothach...'

'Fentrodd o mo'i fywyd dros ddim byd, Nain,' ebe Dafydd gyda winc ar Gwion.

'Mi gysegrodd ei fywyd i wasanaethu Cymru,' ebe'r hen wraig yn chwyrn.

'Do siŵr, ond fentrodd Gwynfor Evans mo'i fywyd dros y Sianel. *Bygwth* llwgu'i hun nath o.'

'A mi fasa wedi gneud, tasa raid.'

'Ma 'na rei'n meddwl ei bod hi'n biti na nath o ddim. Ella basan ni wedi ca'l chwyldro go iawn...'

'Rhag dy gwilydd di'n deud ffasiwn beth!' gwaredodd Nain.

'Peidiwch â gwrando arno fe, Mrs Morgan,' meddai Gwion mewn ymgais i dawelu'r dyfroedd. 'Trial weindo chi lan mae e. Ond whare teg nawr, sa i'n credu gallwch chi gyhuddo Telesidonia o ostwng safone iaith na chynnwys ein rhaglenni.'

'Dyna pam ma cyn lleiad yn eu gwylio nhw!'

Anghytunodd Marian: 'Ma'n ffigyra gwylio ni'n dda iawn, Nain.'

'Sut bu ond y dim i'ch cwmni chi fynd i'r wal?'

'Am fod datblygiada diweddar yn y cyfrynga yn gwasgu cwmnïa bach fel Telesidonia o'r farchnad,' esboniodd Dafydd.

'Dyna pam fod y cytundeb yma efo Godsworks mor bwysig,' ebe Marian. 'Ma'n debyg eu bod nhw am fuddsoddi'n sylweddol yn Telesidonia, inni fedru manteisio ar y datblygiada technolegol diweddara a chomisiynu rhaglenni all gystadlu yn y farchnad fyd-eang.'

'Ac i'r Brawd Tudur ma'r diolch am hyn?' holodd Myfanwy.

'Fo a Dad,' haerodd Dafydd. 'A phawb sy wedi gneud Telesidonia yn gwmni cynhyrchu llwyddiannus fedra sefyll ar ei draed ei hun oni bai am amgylchiada allwn ni mo'u rheoli.'

'Mi lwyddodd y Brawd Tudur i'w rheoli nhw!'

'Gawn ni weld,' ebe Dafydd. 'Faint elwach fyddwn ni os collwn ni'n hannibyniaeth?'

'Mi fydd gynnoch chi jobsys,' ebe'i nain. 'Bydda'n ddiolchgar am hynny.'

Rhoddodd y sylw daw ar sinigiaeth ei hŵyr ac aeth Myfanwy Morgan i arolygu Gwion.

'Be sy gynnoch chi ar y gweill, Gwion?'

'Rwy'n sgriptio rhaglen ddogfen ar famau ifainc, sengl yn un o ardaloedd difreintiedig Ynys Môn, Mrs Morgan,' atebodd Gwion yn gwrtais.

'Fyddwch chi ddim yn cadw'u part nhw, gobeithio?'

'Beth y'ch chi'n feddwl, Mrs Morgan?'

Ochneidiodd Dafydd a Marian a chuddio'u hwynebau â'u dwylo wrth glywed yr ateb: 'Ddim yn eu cyfiawnhau nhw. Yn rhoid yr argraff i bobol nad oes 'na ddim byd o'i le hefo'r ffor anfoesol ma'r genod 'ma'n dewis byw. Yn planta dim ond er mwyn ca'l tŷ cyngor a byw ar fudd-daliada. Dyna be dwi'n feddwl, a llawar iawn 'run fath â fi.'

'Fyddwn ni ddim yn datgan barn y naill ffordd na'r llall,' meddai Gwion. 'Fyddwn ni'n gadael i'r merched siarad drostyn nhw'u hunen.'

'Jest gofalwch chi na newch chi mo'r hogan acw yn "fam ifanc, sengl",' siarsiodd Myfanwy Morgan gan amneidio'n watwarus i gyfeiriad ei hwyres a pheri i honno ebychu:

'Nain!'

'Rhydd i bawb ei farn ac i bob barn ei llafar,' ebe honno'n ddiedifar gan syllu i fyw llygaid Marian ac yna Gwion. 'Dyna'ch gair mawr chi, bobol y cyfrynga, yntê? Wel, ma gin inna'r hawl i ddeud na dda gin i ddim bod fy wyres a'i "phartner", fel byddwch chi'n deud, yn byw tali, ac i ddeud nad ydw i ddim am i fy ngorwyrion i fod yn "blant llwyn a pherth", chwadal Daniel Owen.'

'Alla i roi ngair ichi, Mrs Morgan, nag yw Marian na fi fyth yn mynd yn agos at lwyni na pherthi,' addunedodd Gwion.

'Hen betha pigog!' chwarddodd Marian.

'Gwatsha na neith hwn mo dy "bigo" di, mechan i,' ebe'r nain gan bwnio ysgwydd y gŵr ifanc, 'nes byddi di'n dyfaru.'

Plygodd y tri arall eu pennau uwchben eu hallweddau rhag i'r hen wraig eu gweld yn piffian chwerthin. Dechreuodd hithau gerdded o amgylch stafell eto a golwg flin ar ei hwyneb nes iddi ddyrchafu ei llygaid i'r newyddiadur electronig rhwng y sedd fawr a'r pulpud o ble y daeth iddi gysur:

> ... *LLYWODRAETH SAN STEFFAN YN ENNILL Y BLEIDLAIS AR Y DDEDDF ATAL TERFYSGAETH ... 314 O FWYAFRIF ... ESTYN HAWL YR HEDDLU I GADW DRWGWEITHREDWYR YN Y DDALFA AM 120 O DDYDDIAU HEB GYHUDDIAD ... CYFREITHLONI 'CAMDRINIAETH RESYMOL' ... CIA I GAEL RESTIO TERFYSGWYR YN Y D.U. ... NEGES YR ARLYWYDD JEB BUSH AT Y PRIFWEINIDOG: 'MEWN BYD ANSICR DA YW GWYBOD FOD Y BERTHYNAS ARBENNIG RHWNG UNOL DALEITHIAU AMERICA A'R DEYRNAS GYFUNOL MOR GADARN AG ERIOED A BOD EIN DWY WLAD AR FLAEN Y GAD YN Y RHYFEL YN ERBYN TERFYSGAETH' ... MARWOLAETH MICHAEL JACKSON ... DATBLYGIADAU ANNISGWYL...*

'Da iawn! Da iawn, wir! Fyddan nhw fawr o dro'n rhoid caead ar bisar y Talibans a'r Al-caidas sy wedi setlo mor ddigywilydd yn 'yn gwlad ni!'

Llawenychodd Myfanwy Morgan yn ddigon llafar i beri i Dafydd, Marian a Gwion godi eu pennau i weld beth oedd wedi teilyngu ei chymeradwyaeth.

'Ydach chi o blaid hyn'na?' holodd Dafydd wedi iddo ddarllen y newyddion diweddaraf o San Steffan.

'Ydw, siŵr iawn!'

'A ma hi'n iawn i'r Iancs fihafio fel tasa Prydain yn *fifty-first state of the USA*?'

'Diolch i Dduw am Unol Daleithiau America, ddeuda i.'

'Dyna'r ddadl gryfa dros Satanism glywis i rioed,' crechwenodd Dafydd.

'Hmm!' meddai Myfanwy Morgan yn ddilornus. 'Er dy fod di mor barod i ladd ar "yr Iancs", mi gymri di eu doleri nhw!'

'Dim ond am bod raid,' meddai Dafydd yn bwdlyd.

'Da iawn, Mrs Morgan,' ebe Gwion dan chwerthin. 'Chi enillodd y rownd yna.'

Sgyrnygodd Dafydd ar ei gyfaill tra ailgychwynnodd Myfanwy ar ei hynt o amgylch y stafell. Safodd o flaen drws y Stiwdio Olygu. 'Yn fa'ma ma *hi*?' gofynnodd i Marian.

'*Hi*?' atebodd yr wyres a thinc anghymeradwyol yn ei llais.

'Ail wraig dy dad,' ebe Nain yn ddigyfaddawd.

'Eirlys ydi'i henw hi, Nain,' ebe Marian.

'Fedra i ddim ond meddwl amdani fel ail wraig 'yn mab i,' ebe Myfanwy Morgan, 'a'r ddynas ddath rhyngddo fo a'i wraig gynta.'

Roedd Madog a Lea yn gariadon yn y coleg a phriodasant yn syth ar ôl gadael, er mawr lawenydd i'w rhieni. Ganwyd Dafydd ymhen cwta flwyddyn a Marian dair blynedd yn ddiweddarach, a mwynhaodd y pedwar fywyd teuluol dedwydd am nifer o flynyddoedd nes i alwadau ac arferion dau fyd gwaith gwahanol iawn – y cyfryngau ac addysg – erydu'r briodas.

Erbyn i Dafydd a Marian gyrraedd yr arddegau, roedd Telesidonia wedi ennill ei blwyf fel un o gwmnïau cynhyrchu mwyaf blaengar a chreadigol y Sianel a Lea'n Bennaeth Adran y Gymraeg yn un o ysgolion cyfun yr ardal.

Dichon y buasai'r briodas wedi goroesi ei haffêr hi a Phennaeth yr Adran Fathemateg a Chyfrifiadureg petai'n ddim ond hynny ond penderfynodd Lea a John adael byd addysg a'u teuluoedd er mwyn sefydlu Troslais, cwmni cyfieithu a chysylltiadau cyhoeddus.

Achubodd Dafydd gam ei lysfam. 'Chofiwch chi ddim, Nain,' meddai, 'na Mam adawodd Dad, a Marian a fi, a mynd i fyw hefo dyn arall?'

'Deud di be fynni di, Dafydd,' meddai'r hen wraig, ''ych mam ydi gwraig 'ych tad yng ngolwg Duw a ddôn nhw ddim yn ôl at ei gilydd tra bydd o hefo hon.'

'Y Brawd Tudur sy wedi rhoid syniada fel'na yn 'ych pen chi, Nain?' holodd Dafydd.

'Mae o wedi ailgynna'n ffydd i, ngwas i; f'atgoffa i o werthoedd sylfaenol honno fel ma nhw yn y Beibil.'

'Be am Solomon?'

'Solomon?'

'Dyn doeth iawn, yn ôl y Beibil...'

'A mi oedd o.'

'Toedd gynno fo ddim cannoedd o wragadd a chariadon, heb sôn am Frenhinas Sheba?'

The Devil can cite Scripture for his purpose...'

'Deud mod i'n ddiawl ydach chi?'

'Trio'ch gwylltio chi mae o, Nain,' meddai Marian gan wgu ar ei brawd. 'Peidiwch chi â gadal iddo fo. Dowch hefo fi i'r gegin a mi gawn ni banad i ddisgwl am Dad.'

'Well gin i fynd adra,' ebe Myfanwy.

'Sorri, Nain,' ymddiheurodd Dafydd. ''Dan ni jest mor gyth... mor ofnadwy o brysur pnawn 'ma.'

'Waeth iti heb â ffalsio, Dafydd,' ebe hithau. 'Ei di â fi, os gweli di'n dda, Marian?'

'Ma raid imi orffan hwn,' ymegusododd Marian gydag amnaid at ei chyfrifiadur. 'Ffonia i am dacsi ichi.'

'Dos di â fi, rhag imi ga'l y dreifar ddath â fi yma. Un tywyll oedd o. Arab neu rwbath tebyg. Hawdd iawn fasa gin rwbath felly chwythu'i hun, y dre a finna i ebargofiant.'

'Nain!' protestiodd Dafydd. 'Ma hyn'na'n hyll o hiliol!'

'Paid ti â meiddio deud ffasiwn beth am rywun fuo'n hel at y Genhadaeth Dramor pan oedd hi'n bump oed!' fflamiodd ei nain. 'Does gin hyn ddim byd i' neud hefo hil. Gwrthdaro rhwng dau wareiddiad ydi o. Rhwng Gwareiddiad a Barbariaeth, ddylwn i ddeud.'

'Paid!' cynghorodd Gwion wrth i Dafydd agor ei geg i daranu.

Dyna pryd yr agorodd drws y Stiwdio Olygu ac i mewn i'r swyddfa daeth menyw ifanc, landeg yn gwisgo crys-T coch a jîns denim a arddangosai lunieidd-dra ei chorff athletaidd i'r dim.

Ganed Eirlys Morgan yn Rhydaman, yn un o bump o blant Joe Williams, glöwr ym mhwll y Betws, a'i wraig Magwen, a weithiai yn y Co-op lleol. Diswyddwyd Joe yn fuan wedi genedigaeth Eirlys oherwydd ei gael yn euog o ymosod ar aelod o'r heddlu yn ystod streic fawr 1984-85 ond ar ôl ychydig fisoedd o fod yn ddi-waith cyflogwyd ef gan gwmni llogi ceir yn Abertawe i gymhennu moduron a'u delifro i gwsmeriaid. Roedd Joe yn gitarydd medrus a bu'n aelod o nifer o fandiau a grwpiau lled-broffesiynol o'i ugeiniau cynnar tan oddeutu'r hanner cant, a thrwy gysylltiadau ei thad â Sain Abertawe llwyddodd Eirlys i gael blaen ei throed i mewn i fyd y cyfryngau, wedi pum mlynedd yn Ysgol Gyfun Gymraeg Maes yr Yrfa a blwyddyn o gwrs ysgrifenyddol yng Ngholeg Sir Gâr.

Prin flwyddyn y bu hi'n gweithio i'r orsaf radio cyn cynnig am swydd gyda HTV (Cymru) a dalai'n well ac a roddai esgus iddi fyw oddi cartref, yn Nhreganna, Caerdydd. Roedd y chwyldro cyfryngol a fuasai'n rhoi'r farwol i'r cwmni, maes o law, eisoes ar gerdded ond bu hyn o fantais i Eirlys gan i'w phenaethiaid ofyn iddi ymgymryd â gweithgareddau nad oedd nac ysgol na choleg wedi ei hyfforddi ar eu cyfer. Llwyddodd yn hynod, diolch i'w hegni dihysbydd, ei phersonoliaeth radlon, a doniau a deallusrwydd a fu ynghudd tan hynny. Ni fu bod yn eithriadol o bert yn anfantais chwaith.

Yn rhinwedd ei swydd fel cynhyrchydd cynorthwyol rhaglen ddogfennol a enwebwyd ar gyfer un o wobrau'r Ŵyl Ffilmiau Geltaidd, a gynhaliwyd yn y dref y flwyddyn arbennig honno, cafodd Eirlys ymweld â pharthau mwy gogleddol o Gymru na Bannau Brycheiniog am y tro cyntaf erioed. A chyfarfu â Madog Morgan. Rhybuddiodd ef hi fod tranc HTV 'ar y cardia' a chynnig cyfle iddi gyfarwyddo a chynhyrchu gyda Telesidonia. Derbyniodd hithau, o uchelgais, rhag diweithdra ac oherwydd ei bod hi a Madog yn teimlo atyniad tanbaid, y naill at y llall, o'u cyfarfyddiad cyntaf, mewn parti gwyllt yng ngwesty'r Celtiaid.

'Helo, Myfanwy!' ebe Eirlys Morgan yn serchus wrth ei mam-yng-nghyfraith. 'Wedi dod i groesawu'r *conquering heroes* gatre? Glywsoch chi bydd Madog a Tudur bach yn hwyr achos y traffic sha Bae Colwyn? Dewch lan i'r gegin

24

am ddished. Gadwn ni'r *champagne* nes bydd y bois 'nôl. Gewch chi yfed siâr Madog gan bod e ar y wagen.'

'Mi 'na i heb na the na siampên, diolch yn fawr, Eirlys,' ebe Myfanwy. 'Ond leciwn i fynd adra, os na fydd hynny'n ormod o draffarth.'

''So chi'n mynd cyn cyrhaeddan nhw?'

'Ydw. Ma Dafydd wedi f'insyltio i a'r ddau arall wedi chwerthin am 'y mhen i. Toes 'na ddim croeso i weddw gweinidog Caer Sidon yng Nghanolfan Deledu Telesidonia.'

'Be chi wedi'i neud neu'i weud i hala'ch mam-gu mor grac?' meddai Eirlys wrth yr wyrion a llai o gerydd ar ei hwyneb nag yn ei llais.

Atebodd Myfanwy drostynt. 'Dim ond ngalw i'n *racist*, Eirlys.'

'Sorri, Nain,' ymddiheurodd Dafydd. 'Islamoffobig ddylwn i fod wedi'i ddeud. Esgusodwch fi, bawb, dwi'n mynd i'r llyfrgell i chwilio am ystadega.'

Gadawodd Dafydd y stafell a dychwelodd Marian a Gwion at eu cyfrifiaduron.

'Ydach chi am roid pàs adra imi, Eirlys? 'Ta oes raid imi fentro mywyd mewn tacsi eto?' holodd Myfanwy'n biwis.

'Ol-reit, Myfanwy,' cydsyniodd Eirlys a dilyn ei mam-yng-nghyfraith tua'r drws. 'Beth yn gwmws wedodd Dafydd wrthoch chi?'

'Fedra i ddim cofio "beth yn gwmws" ond rwbath digon annymunol a ma'n hwyr glas gin i fynd adra. Dowch, da chi.'

Gynted ag y gadawodd Myfanwy ac Eirlys y swyddfa cododd Marian a Gwion o'u seddau a ruthro dan chwerthin i gofleidio a chusanu ei gilydd.

'Ma'n siŵr bo chdi'n gweld ni'n deulu ofnadwy?' meddai Marian a lapio'i breichiau'n dynn am ei chariad.

'Dim gwaeth na'r rhan fwyaf,' ebe Gwion.

'Dim ond yn ddiweddar ma Nain wedi mynd mor biwritanaidd. Mi fuo hi'n ddynas reit joli. Gafon ni filoedd o hwyl hefo hi pan oeddan ni'n blant.'

'Henaint ni ddaw ei hunan...'

'Na'r Brawd Tudur,' meddai Marian. 'Dim ond ers iddo fo gyrraedd ma hi wedi mynd mor... mor blydi duwiol. Ond dyna ni. Ma gynnon ni i gyd le i ddiolch iddo fo. Blaw am Tudur, beryg na fasa Dad ddim yn dal hefo ni; roedd y lysh wedi ca'l gymaint o afa'l yn'o fo. A ma'n debyg ei fod o wedi achub Telesidonia a'n jobsys ni i gyd. Ond...'

'Ond...?'

'Dwi ddim yn lecio'r ffor bydd o'n sbio arna i weithia. Yn enwedig os digwydda i fod yn gwisgo rwbath fymryn yn secsi. Dwi'n siŵr ei fod o'n meddwl mod i'n rêl hŵr.'

'Mae e'n llygad ei le,' ebe Gwion gan gnoi ei gwddf yn dyner a mwytho'i bronnau.

'Bihafia'r sglyfath!' chwarddodd Marian wrth ymryddhau o'i freichiau a dychwelyd at ei desg fel yr ymddangosai'r newyddion diweddaraf ar y stribyn electronig:

CYNNYDD O 9% MEWN TROSEDDAU RHYWIOL YNG NGHYMRU ... 13 % MWY O DRAIS ... 7% MWY O LADRATA ... CREISION CAWS A WINWN YN FWY POBLOGAIDD NA RHAI HALEN A FINEGR AM Y TRO CYNTAF ERIOED ... PRIFWEINIDOG CYMRU, ROD RICHARDS, YN CROESAWU CATRAWD O'R U.S. MARINES I'W CARTREF NEWYDD YN ACADEMI FILWROL SAIN TATHAN ... MICHAEL JACKSON ... GALW AM ARCHWILIAD POST MORTEM ARALL...

'Wyt ti'n meddwl bod Tudur yn dy ffansïo di?' holodd Gwion.

'Mae o'n ddyn 'tydi? Er ei fod o'n fynach!' oedd ateb talog ei gariad.

'Wyt ti'n ei ffansïo fe?'

'Mae o'n bishyn, erbyn meddwl. Wel, mi fasa, tasa fo ddim yn mynd o gwmpas yn y goban sdiwpid 'na! Be wt ti'n feddwl o Tudur?'

'Sa i'n ffansïo fe, os taw 'na ti'n awgrymu.'

'O ddifri. Fel boi. Fel "Cristion"?'

'Wel ... Sda fi ddim lot o feddwl o'i fath e o Gristnogaeth ... A sa i'n meddwl bod 'da fe lot o feddwl o'n fath i.'

2

Wrth gwrs fod yr ochr ariannol yn bwysig, ac yn gwbl allweddol i bopeth, ond nid dyna'r stori gyflawn. Go brin ein bod am weld llwyddiant ariannol ar draul ein hymlyniad wrth Gymreictod a'r iaith Gymraeg a pharch pobol at ei gilydd. Mae gwarchod ein gwerthoedd fel cenedl ac ymdrin â phawb yn anrhydeddus a theg yn rhan annatod o ethos Telesidonia. Byddai methu yn y cyfeiriad hwnnw yn tanseilio gwerth llwyddiant masnachol ac ariannol y cwmni.

Daliodd Marian ati i deipio perorasiwn Adroddiad y Cadeirydd pan glywodd ddrws y Brif Swyddfa'n agor.

Rydym wedi dod ymhell iawn mewn ugain mlynedd ond gyda nawdd a chefnogaeth un o gorfforaethau cyfryngol mwyaf yr Unol Daleithiau, fe awn ymhellach. I fyny bo'r nod!

Cododd ei bysedd oddi ar yr allweddau a'i llygaid oddi ar y sgrin pan glywodd lais cyfarwydd yn canu:

'If I can make it there
I'll make it anywhere!
It's up to you, New York, New York!'

a gweld ei thad yn ffredasterio tuag ati.

Gwisgai Madog Morgan gôt ledr ddu, laes dros siwt saffari wen ac am ei ben roedd cap pêl-fas, glas ac arno'r llythrennau euraid NYPD. Hongiai camera fideo bychan, twt ar strap am ei wddf.

Unseiniodd y ddau wrth wibio i gofleidio a chusanu ei gilydd:

'Dadi!'

'Mari!'

'*Yn* gorffan teipio be 'nest ti ebostio ata i,' ebe Marian wrth iddynt ymwahanu. 'Diolch byth bod 'na *happy ending!* Llongyfarchiada!'

'I'r Nef bo'r diolch!' ebe Madog Morgan.

Ochneidiodd Marian yn dawel.

'Ac i'r Brawd Tudur, siŵr iawn,' ychwanegodd ei thad.

'Siŵr iawn,' adleisiodd Marian, yn llai brwd. 'Sut siwrna gaethoch chi, heblaw am y trafferthion yn JFK ac ar yr A55?'

'Reit dda, a siarad yn bersonol. Ond mi fu Tudur reit gwla gydol y daith.'

'Do wir?'

''Rhen gradur. Ond chwynodd o ddim.'

'Be oedd y broblem? Bỳg? Neu'r bwyd?'

'Annwyd trwm ar ôl cadw gwylnos ar safle'r Twin Towers yn yr eira, er ei bod hi ddeg gradd o dan y rhewbwynt. Mi gynigis i fynd â fo adra ar unwaith, iddo fo ga'l mynd i'w wely efo diod poeth ond mi fynnodd alw yn Noddfa Nychdod i ddosbarthu llwyth o ddillad cynnas a siocled o'r States ymhlith y digartra. Mae o'n siampl inni i gyd, Marian.'

'Ydi, mae o,' cydsyniodd ei ferch yn gymodlon.

'Lle ma pawb?' holodd Madog ac eglurodd Marian fod

Eirlys wedi mynd â'i nain adref, 'am ei bod hi braidd yn ddiamynadd wrth ddisgwl amdanach chi', a Dafydd a Gwion yn y llyfrgell yn cwblhau eu cyfraniad hwy i'r Adroddiad Blynyddol. 'Ro i wbod iddyn nhw bo chdi wedi cyrradd,' meddai a'i llaw ar dderbynnydd y ffôn.

'Aros funud, cyw,' archodd ei thad. 'Ma gin i bentwr o fân bresanta i bawb ond rwbath sbeshal i'n hogan bach i.'

'Oes wir?' ebe Marian yn eiddgar.

'Oes wir, nghariad i.'

'Ga' i 'i weld o?'

'Ddim am sbel, ma arna i ofn.'

'Pam?'

'Tydi o ddim gin i hefo fi.'

'Yn lle mae o 'ta?'

'Yn fan hyn a fan hyn,' ebe ei thad a gosod ei law ar ei arlais ac yna ar ei galon.

'Paid â phryfocio!' pwdodd Marian.

'Tydw i ddim,' mynnodd Madog. 'Tŷ ydi dy bresant di o'r USA.'

'Tŷ dol?'

'Tŷ go-iawn i chdi a Gwion fyw yn'o fo.'

'Sut dest ti â thŷ go-iawn inni o Mericia?'

'Be ddes i ydi'r modd i chi brynu tŷ. Ma'r cytundeb efo Godsworks wedi achub Telesidonia, Marian, a ninna fel uned deuluol. Tasa'r Cwmni wedi mynd i'r wal, mi fasan i gyd wedi gorfod mynd allan i'r priffyrdd a'r caea i chwilio am rwbath at 'yn byw. Ma'r wyrth Americanaidd, a dyna be 'di hi, yn golygu medrwn ni bara i weithio hefo'n gilydd yn fa'ma, yn deulu Cristnogol, Cymraeg a Chymreig. Chdi a Gwion fydd y cynta i elwa ar y bendithion ma

Rhagluniaeth wedi gweld yn dda i dollti ar 'yn penna ni, "yn gawod felys iawn", chwadal yr emynydd.'

'Mewn geiria erill, mi wyt ti am 'yn helpu ni i roid y pres i lawr?'

'Talpswm go-lew. Fydd gynnoch chi ddim llawar i'w dalu bob mis!'

Cofleidiodd a chusanodd Marian ei thad eto. 'Diolch yn fawr, diolch yn fawr,' meddai a'i llygaid yn llenwi.

'Hei! Howld on, Mari fach! Tydw i ddim ond yn gneud be fasa unrhyw dad cydwybodol yn neud!'

'Tydi pob tad ddim mor anhunanol â chdi,' atebodd ei ferch o'i chalon.

'Beryg na hunanoldeb yn nwfn fy ngenynna i sy'n peri mod i am weld 'yn merch a'i gŵr mewn cartra cysurus ac yn rieni i nythiad o blant.'

'Howld on dy hun!'

'Mi 'na i'n siŵr y cewch chi chwip o briodas hefyd, Mari,' addunedodd Madog. 'Wela i hi rŵan. Cadeirlan Bangor yn llawn jóc...'

'Cadeirlan Bangor? Tydan ni ddim hyd yn oed yn Eglwyswrs!'

'Tydi'r ots am hynny. Ma Tudur, a mae o'n llawia mawr hefo'r Esgob. Neithior i ddau, dri chant mewn marcî fawr ar lawnt rhyw blasty ar lanna'r Fenai,' telynegodd y darpar dad-y-briodferch. 'Gwledd *cordon bleu*. Cân neu ddwy gin Bryn Terfel. Tonc ar y delyn gin Elinor Wigley neu Catrin Finch, neu'r ddwy hefo'i gilydd. Llun ohonach chdi a Gwion ar glawr *Golwg*: *PRIODAS Y FLWYDDYN*...'

Tawodd Madog wrth sylwi ar yr anghymeradwyaeth ar wyneb ei ferch. 'Be sy?' holodd. 'Ro'n i'n meddwl y basa chdi wrth dy fodd.'

'Peidiwch â meddwl mod i'n anniolchgar,' ymddiheurodd Marian. 'Ond toeddan ni ddim wedi meddwl ca'l sioe mor grand.'

'Wrth reswm,' cydsyniodd ei thad, 'ond ma'r amgylchiada wedi newid, tydyn?'

'Clywch, Dad. Wn i be ddeudith Gwion: "Galla hyn'na gynnal pentra cyfan yn Affrica am flwyddyn".'

'Mi gyfranna i'n hael at unrhyw elusen o'i ddewis o. Dwi'n siŵr na fydd o am warafun achlysur roith gymaint o lawenydd i'ch teuluoedd chi a'ch ffrindia? Yn enwedig gan y bydd yr un ffynhonnell ariannol yn rhoi anfarth o hwb i'w yrfa fo? Ma Godsworks am gomisiynu cyfres o ugian o raglenni awr *Cewri'r Ffydd yng Nghymru*, neu *Saint Cymru drwy'r Oesoedd*. Tydan ni ddim yn siŵr eto. Ta waeth. Fo fydd yn sgriptio ac yn cyflwyno, Eirlys a Dafydd yn cyd-gynhyrchu. Be wt ti'n feddwl o hynny?'

'Ffantastig. Ond...'

'Ond be?'

'Pwy yn union ydi Godsworks, Dad? Dim criw o nytars crefyddol, gobeithio?'

'Naci, Marian,' meddai yntau'n angerddol. 'Godsworks ydi'r gorfforaeth gyfryngol Gristnogol fwya'n y States, ac felly, yn y byd. Y penaethiaid yn grefyddwyr cydwybodol, bob un, a'u ffydd mor iach â'u cyfrifon banc. Mi oedd gweld yr argraff nath y Brawd Tudur ar yr Americanwyr hirben yna yn 'y ngneud i'n falch mod i'n Gymro. Mi weddïodd gyda'r fath arddeliad ar ddechra un cwarfod yn Atlantic City, a hynny er nad oedd o'n hannar da. Camdreuliad mwya melltigedig. Ma'r bwyd mor gyfoethog yno, a chymaint ohono fo, a Tudur wedi byw cyhyd ar fara a dŵr y fynachlog...'

'Gafodd Eirlys bwl ofnadwy o *migraine*, echdoe,' ebe Marian, 'fel deudis i wrthach chdi ar y ffôn. Mi gafodd gur pen ofnadwy.'

'Cylla Tudur yn ei arteithio fo. Serch hynny, mi fynnodd roid help llaw i'r brodyr a'r chwiorydd croen dywyll mewn *soup kitchen* yn Harlem.'

'Mi wt ti'n poeni mwy am dy fêt nag am dy wraig!'

'Nagdw siŵr,' atebodd Morgan gyda gwên. 'Ma Eirlys yn ifanc ac yn ffit, yn nau ystyr y gair, tra bod Tudur yn ddyn yn ei oed a'i amsar, wedi byw bywyd i'w eitha. Mi fu'n slaf i'r ddiod am flynyddoedd cyn ei dröedigaeth, yn gaeth i gyffuria ac yn "ymdrybaeddu mewn trythyllwch", fel bydd o 'i hun yn cyfadda.'

'"Hel ei din", yn Gymraeg.'

'Gas gin i glwad merch ifanc yn siarad mor hyll. Beth bynnag, sut ma Eirlys erbyn hyn?'

'Mi ath y *migraine* ddoe, diolch byth.'

'Diolch i Tudur.'

'Be?'

Gwenodd Madog wrth weld y dryswch ar wyneb ei ferch. 'Sonis i wrth y Brawd am gur pen Eirlys wedi iti ffonio,' eglurodd, 'a mi weddïodd drosti ar unwaith.'

'A dyna sut ath ei chur pen hi?'

'Ddigon posib. "Ni fethodd gweddi daer erioed." Grym gweddi enillodd y cytundeb inni, Mari. A'r ffaith fod Tudur a'r Brodyr Americanaidd ar yr un donfedd ysbrydol. Be clinsiodd hi, dwi'n meddwl, oedd cyhoeddi mod i am benodi Tudur yn gaplan y cwmni...'

'Be 'di peth felly? Ryw fath o weinidog?'

'Ia. I ofalu am 'yn heneidia ni, fel bydda Nhad yn bugeilio eneidia'i gynulleidfa pan oedd o'n weinidog ar yr hen le 'ma. Mi fasa dy daid wrth ei fodd, dwi'n siŵr. Rydw i'n dal i gofio'i bregath o am y dyn a chanddo gant o ddefaid...'

'Sorri i dorri ar 'ych traws chi, Dad,' ebe Marian, 'ond dwi'n siŵr basa'r hogia'n lecio clwad 'ych newydd da chi. Ddeuda i wrthyn nhw 'ych bod chi yma?'

'Ia, cyw. Mi ffonia inna Eirlys.'

O fewn dau funud i dderbyn galwad Marian, roedd Dafydd a Gwion yn y Brif Swyddfa, y naill yn cofleidio'i dad a'i longyfarch a'r llall yn ysgwyd ei law yn wresog. Prin eu bod wedi dechrau holi Madog ynglŷn â'i ymweliad ag Efrog Newydd nag y cyrhaeddodd Eirlys.

'Mad Dog!' llefodd y wraig ifanc pan welodd ei gŵr canol oed.

'Snowdrop!' llefodd y gŵr.

Dynesodd y ddau at ei gilydd *in slow motion* sinematig dan la-la-la-io cerddoriaeth gefndir y ffilm *Love Story*, defod draddodiadol ar achlysuron o'r fath ac ymunodd Dafydd a Marian yn y llafarganu rhamantaidd: 'La-la-la-la-la-la-la...'

'Croeso, croeso, croeso!' ebe Eirlys a tharo tair cusan ar wefusau ei gŵr.

'Diolch, diolch, diolch!' atebodd Madog a thalu'r pwyth.

Rhagflas oedd hyn i snog na ddaeth i ben nes i Dafydd floeddio: 'Stopiwch hi! Munud 'ma!' ac i'w chwaer eilio gydag: 'Ia! Dach chi'n embarasio pawb!'

Rhoddodd Madog un fraich am Marian a chadw'r llall am wasg Eirlys ac meddai: 'Does arna i ddim cwilydd cyfadda bod 'y nheimlada bron iawn yn drech na fi. Er bod yr Unol Daleithia'n wlad enfawr, lawn dop o ryfeddoda

34

unigryw a phobol ddawnus a diddorol, ma hi'n braf bod yn ôl "unwaith eto 'Nghymru annwyl", yng nghôl fy nheulu bach fy hun.'

Trodd Madog at Gwion dan wenu trwy ei ddagrau ac meddai: 'Rydw i'n dy gyfri ditha'n gyflawn aelod o'r teulu, Gwion, erbyn hyn, ac yn gobeithio, fel deudis i gynna wrth Marian, y bydd hynny'n swyddogol cyn bo hir iawn.'

'Diolch yn fawr, Madog,' ebe Gwion. 'Ond sda ni ddim bwriad, ar hyn o bryd, i ofyn i'r Wladwriaeth Brydeinig fendithio'n huniad ni.'

'Mi fyddach yn rhoi llawar iawn o blesar i'ch rhieni,' oedd ateb y darpar dad-yng-nghyfraith. 'Ond mi gawn ni sôn am hynny eto. Be am inni fynd i fyny i'n swyddfa i rŵan am banad? Mi gewch glwad manylion y "newydd da o lawenydd mawr" ddes i hefo fi dros yr Iwerydd.'

Gan i Eirlys Morgan fod wrthi'n ddiwyd yn cymhennu swyddfa ei gŵr yn ystod ei absenoldeb roedd honno'n annaturiol o dwt. Serch hynny, buasai dieithryn a ddigwyddai ymweld â ffau Cadeirydd Telesidonia y diwrnod hwnnw yn dysgu llawer amdano wrth astudio'r creiriau a hongiai ar y parwydydd: ffrâm yn cynnwys crys rygbi Cymru a fu'n eiddo i Gareth Edwards; ffotograffau o driwyr Penyberth, Waldo Williams a John Jenkins (MAC), ac un o Madog ac Eirlys ger Tŵr Eiffel ym Mharis; paentiad telynegol gan Mary Lloyd Jones, print cenedlaetholgar gan Iwan Bala ac un arall, gan Salvador Dali, o Grist croeshoeliedig yn hongian yn rhywle yn y gofod. Ychwanegiad diweddar oedd hwnnw.

Awgrymai cynnwys y rhesel lyfrau ar ben y cabinet ffeiliau – gweithiau R. Williams Parry, T. H. Parry-

Williams, T. Gwynn Jones, Dafydd ap Gwilym, Daniel Owen a meistri eraill – fod y preswylydd yn ŵr llengar, neu iddo fod felly ar un adeg. Tystiai'r tlysau, y crisialau, y delwau a'r tystysgrifau a arddangosid mewn cwpwrdd gwydr fod Telesidonia wedi gwneud cyfraniad nodedig i'r byd teledu yn y Gymraeg.

Eisteddai Madog ar ei gadair *executive* ledr, ddu y tu ôl i'r ddesg gydag Eirlys wrth ei ddeheulaw ar gadair fwy diymhongar, Dafydd ar y gadair arall yn ei wynebu, a Marian a Gwydion ar soffa fechan lle'r arferai'r Cadeirydd ymgomio gydag ymwelwyr dethol dan sipian coffi, neu rywbeth cryfach, cyn iddo droi'n llwyrymwrthodwr.

Traethodd Madog Morgan yn frwd ac yn faith ar y bendithion dirifedi a ddeilliai o nawdd y cawrfil cyfryngol i'w gwmni a thrwy hynny i'r Sianel, i'r iaith Gymraeg ac i grefydd, nes i'w ferch leisio rhwystredigaeth y gynulleidfa gan ei annog i 'sôn am y project mawr, cynta ma'r Iancs isio inni neud'.

'*Saint Cymru drwy'r Oesau*,' ebe'r Cadeirydd gyda balchder. 'Gwerth ichi glwad Tudur yn pitshio hwn iddyn nhw! Cyfres o ugian drama-doc am saint a phroffwydi'n gwlad ni o Ddewi Sant a Dwynwen i William Salesbury, William Morgan...'

'Boi'r defaid?' holodd Dafydd yn ffug-ddiniwed.

'Naci, Dafydd,' coeg-sgyrnygodd ei dad. 'Y William Morgan gyfieithiodd y Beibil. Glywist ti amdano fo?'

'Pwy arall, cariad?' holodd Eirlys. Rhestrodd yntau William Williams, Pantycelyn, Ann Griffiths, Howell Harris, John Jones, Tal-y-sarn, John Elias o Fôn ac arwyr Anghydffurfiol eraill, gan ddiweddu gyda saint cyfoes – bardd Calfinaidd, nofelyddes dduwiol a chanwr poblogaidd/pregethwr cynorthwyol.

'Eirlys fydd y cynhyrchydd a mi fydd yn cyfarwyddo amball i bennod. Chdi, Dafydd, yn gyd-gynhyrchydd a finna'n dipyn o uwch-gynhyrchydd. Mi fyddi ditha, Gwion, yn ymchwilio ac yn sgwennu amball bennod – digon o waith iti'n fan'na! – ac yn cyflwyno'r gyfres,' cyhoeddodd Madog gan ychwanegu gyda gwên: 'Gwobr haeddiannol ichi'ch tri am "sefyll yn yr oriau du".'

'Pryd byddwn ni'n dechre gweithio ar y project?' holodd Eirlys.

'Fory!' atebodd Madog yn bendant gan fwynhau syndod y lleill. 'Mi faswn i'n deud "rŵan hyn" tasach chi ddim i gyd ar dân i ruthro i'r Blac i ddathlu, a finna i Noddfa Nychdod i gynnal breichia'r Brawd Tudur.'

Cymeradwyodd pawb ond Gwion. 'Fyddwn ni'n cwpla *Cwrs y Byd* gynta?' holodd. 'Cyn mynd i'r afael â'r Saint?'

Edrychodd Madog Morgan yn annifyr. 'Gawn ni weld,' meddai. 'Dibynnu be ddeudith S4C. Ond tydw i ddim yn meddwl bydd 'na broblam.'

'Problem? Pam dyle fod problem, Madog?'

Dewisodd Madog Morgan ei eiriau'n ofalus. 'Dyma'r situation-sefyllfa, mhobol i. Mi wyddoch sut ma'r Iancs isio bob dim erbyn echdoe. Wel, dyna sut ma nhw hefo *Saint Cymru drwy'r Oesoedd*. Felly, os cytunith S4C, dim ond pump *Cwrs y Byd* fydd 'na...'

'Dim ond wthnos o waith dybio a golygu sydd ei angen ar y wheched rhaglen,' meddai Gwion.

'Fedri di mo'i thynnu hi!' mynnodd Marian. 'Dim ar ôl yr holl waith ma Gwion a'r criw wedi'i neud arni.'

'Does dim rhaid i Gwion ddechre ar y project newydd yfory, oes e?' awgrymodd Eirlys.

'Oes,' oedd ateb digyfaddawd ei gŵr. 'Rydw i wedi rhoid 'y ngair i Godsworks y byddwn ni'n clirio'r decia ac yn bwrw iddi ar unwaith, pob un wan jac ohonan ni, i roid y Saint ar y sgrin.'

'Hy!' ebychodd Dafydd. 'Tydi Godsworks ddim isio gweld rhaglan Gwion yn mynd allan, nag'dyn?'

'Chlywis i 'run ohonyn nhw'n deud gair yn erbyn y rhaglan,' haerodd ei dad. 'Wyddan nhw ddim amdani!'

'Fuist di rioed yn un da am ddeud clwydda, Dad,' oedd sylw Dafydd. 'Ma dy ffrindia newydd di wedi sensro'r rhaglan am Ciwba, tydyn?'

'Toedd gan Godsworks ddim byd, dim yw dim, i' neud hefo mhenderfyniad i!' taerodd Madog. 'Mhenderfyniad i oedd o, a neb arall!'

'Fe 'nest ti wirfoddoli i'w thynnu hi?' ebe Eirlys yn syn.

'Do.'

'Pam, Mad?' holodd hithau.

'I ddangos 'yn bod ni'n barod am her mor fawr...'

'A'n bod ninna'n meddwl bod Ciwba'n rhan o'r *Axis of Evil*,' ensyniodd Dafydd.

Ymfflamychodd Madog Morgan. 'Toes gin i ddim owns o gwilydd am ddangos mymryn o ewyllys da at 'yn partneriaid newydd!' taranodd. 'A ga' i ddeud hyn am raglan Gwion, hynny dwi 'di'i weld ohoni, o leia. Ma hi'n grefftus iawn o ran ffilmio a golygu, fedar neb wadu hynny, ond ma hi braidd yn unochrog, tydi Gwion? A'i gogwydd hi'n gefnogol iawn, iawn i lywodraeth Gomiwnyddol y Brodyr Castro.'

'Ry'n ni'n dangos y probleme sy'n wynebu pobol Ciwba yn eu bywyde bob dydd ac yn rhoi cyfle i rai feirniadu'r llywodraeth,' atebodd Gwion heb godi ei lais.

'Ddim yn hallt iawn,' ebe Madog.

'Ddim mor hallt ag y bydda Godsworks am iddo fo neud,' meddai Dafydd.

'Clyw, ngwas i,' ebe Madog, 'ma *régime* gomiwnyddol Ciwba'n edrach yn wahanol iawn o'r Unol Daleithia i'r hyn ydi hi o Gymru. Prin gan milltir sy rhwng yr ynys a Miami, ac ma hi'n hawdd iawn dallt pam fod yr Americanwyr yn gweld yr unbennaeth sy ar eu trothwy nhw fel bygythiad i ddemocratiaeth a'r gwerthoedd Americanaidd.'

'*Bollocks*!' gwawdiodd Dafydd.

'Iaith!' gorchmynnodd ei dad.

'Ceilliau!'

Ymbwyllodd Madog. 'Partneriaeth ydi hon rhwng Godsworks a ni,' meddai. 'A ma pob partneriaeth lwyddiannus yn dibynnu ar sensitifrwydd, parchu'n gilydd, a pharchu egwyddorion 'yn gilydd. Fydda Tudur a fi rioed wedi derbyn Godsworks fel partneriaid heb iddyn nhw ymrwymo i barchu'n Cymreictod ni. Mi gytunon ninna, wrth gwrs, i barchu 'u Hamericanrwydd nhw.'

'Diolch ichi am egluro hyn'na inni, Madog,' ebe Gwion.

'Rydw i'n falch dy fod di'n dallt, ngwas i,' atebodd Madog gan guchio ar ei fab.

'Rwy'n gweld fy ffordd yn glir nawr,' ychwanegodd Gwion.

'Da 'rhogyn! Da iawn wir!' ebe Madog gyda gwên.

Byrhoedlog fu ei foddhad.

'Rwy'n ymddiswyddo,' cyhoeddodd Gwion.

'Be ddeudist ti?' llefodd y lleill.

'Alla i ddim parhau i weithio i Telesidonia dan yr amode ry'ch chi wedi'u disgrifio. Ma'n well imi madel.'

Erfyniodd y lleill arno i ailystyried.

Madog: Meddylia am dy ddyfodol, Gwion.

Dafydd: Paid â gadal Telesidonia, mêt. Ma fwy o d'angan di yma rŵan nag erioed.

Marian: Os na cheith dy raglan di ei gorffan a'i dangos, mi eith Dafydd a fi a'r cwmni i gyd ar streic!

Eirlys: Sdim eisie sôn am streicio. Pwylla, Gwion. Rwy'n siŵr bod cyfaddawd yn bosib. Dylet ti feddwl am dy yrfa, a'r profiad gwerthfawr gei di o weithio ar gyfres mor swmpus, gyda holl gyfleustere un o brif gwmnïe teledu'r byd. Dwyt tithe, Madog, ddim am golli bachan mor dalentog a mor gydwybodol â Gwion, wyt ti?

Ofer fu'r ymbil ar y ddau i gyfaddawdu.

'Ro'n i'n amau pan sonioch chi gynta am bartneriaeth gyda Godsworks,' meddai Gwion wrth Madog, 'y byddai'n anodd ifi ddygymod â nhw, a nhw â fi. Ond gredes i fod dyletswydd arno i i roi cynnig arni. Nago'n i'n erfyn y bydde problem wedi codi mor fuan. Llawn cystal, falle, yn hytrach nag ysgariad chwerw nes ymlaen.'

'Rydw i'n parchu dy ddidwylledd di, Gwion,' ebe Madog, 'er na wela i ddim sut gall ffrae ynglŷn â chondoms, yr IMF a Banc y Byd godi yng nghyd-destun cyfres fel *Saint Cymru drwy'r Oesau*! Gei di sgwennu be bynnag leci di, ngwas i, bellad â'i fod o'n gytbwys. Fydd 'na ddim sensoriaeth.'

'Beth yw cydbwysedd?' holodd Gwion. 'Beth yw'r "balans" cysegredig mae darlledwyr yn ei addoli? Weda i wrthoch chi: marc canol rhwng y ffeithie fel ma'r gohebydd yn eu gweld nhw a digio'r Sefydliad. Alla i handlo sensoriaeth, Madog. Beth rwy'n 'i ofni yw'r hunan-sensoriaeth byddwn i'n bownd o'i harfer yng nghysgod Godsworks. Rwy wedi mwynhau gweithio i Telesidonia a diolch i chi ac i bawb arall am bob caredigrwydd. Os af i nawr, bydda i'n mynd gydag atgofion melys ac rwy'n...'

Cododd Gwion heb gwblhau'r fraweddeg. 'Fe af i i gliro nesg,' meddai'n floesg a gadael y swyddfa ar frys.

Dilynodd Marian ei chariad dan feichio crio.

'Ieffach, Madog, handlest ti hyn'na'n wael!' meddai Eirlys.

'Diawledig! Rydan ni wedi colli uffar o foi da, fasa wedi medru gneud rwbath creadigol hefo dy blydi Saint di!' chwyrnodd Dafydd a gadael y swyddfa.

'Tydw i ddim dicach at Gwion,' ebe Madog Morgan yn raslon. 'Mae o'n hogyn egwyddorol a mi nath be mae o'n feddwl sy'n iawn o'i safbwynt o.'

'Fydd Telesidonia ddim 'run fath o hyn allan,' meddai Eirlys.

'Na fydd,' cydsyniodd ei gŵr. 'Dyna pam rydan ni'n mynd i newid yr enw i "Teleduwiol". Brên-wêf, neu weledigaeth, gafodd Tudur filoedd o droedfeddi uwchlaw'r Iwerydd, ar 'yn ffor adra. Be wt ti'n feddwl?'

'Rwy'n meddwl bod well 'da fi ti pan oet ti'n alci,' ebe Eirlys wrth godi a dilyn y lleill.

3

Roedd hi ychydig cyn canol nos ar Madog Morgan yn cyrraedd adref. Llusgodd ei gês olwynog dros riniog Arvonia, ei blasty Edwardaidd ar lan y Fenai, dan fwmial canu 'Nid wy'n gofyn bywyd moethus / Aur y byd na'i berlau mân...' – geiriau emyn olaf yr oedfa fyrfyfyr, faith yn y Noddfa. Gallai rhywun golau yn ei Feibl ac na wyddai am 'dro mawr' Madog feddwl 'Llawn o win melys ydyw, neu Guinness a Jamesons, ysgatfydd'.

Bachodd Madog ei gôt ledr ar y stand yn y cyntedd a syllu'n edmygus ar *Copa Moel Siabod*, ei hoff Gyffin, a hongiai ar y pared ar waelod y grisiau. Yna aeth i mewn i'r stafell fyw.

Lled-orweddai Eirlys Morgan yn ei chôt-goban sidan, wen ar y soffa ledr a wynebai'r stof goed eirias. Ni chododd ei phen o'r nofel a ddarllenai pan ddaeth ei gŵr i mewn i'r stafell ac anwybyddodd y sylw: 'Dew! Ma hi'n braf bod adra!'

Eisteddodd Madog wrth ymyl ei wraig a dechrau mwytho'i thraed. Ymsythodd hithau a rhoi'r rheini ar y llawr.

'Snowdrop...'

'Paid ti â'n snowdropo i!' arthiodd Eirlys a pharhau i ddarllen am bum munud maith cyn troi at ei gŵr gyda'r gosodiad: 'Ma 'da ti broblem.'

'Wn i, wn i, wn i,' ymddiheurodd Madog yn llaes. 'Dwi

ar fai. Ddylwn i ddim bod wedi d'adal di ar dy ben dy hun y noson gynta dwi adra wedi bod i ffwr am wsnos. Wn i. Ond rydan ni mor braf 'yn byd o'n cymharu efo hogia a genod y Noddfa.'

'Rwy wedi arfer â phethach fel'ny erbyn hyn. Nage 'na dy unig broblem di,' ebe Eirlys a rhoi marc llyfr yn y gyfrol. 'Gwion...'

'Ma'n ddrwg gin i nad oedd yr hogyn yn gweld ei ffor yn glir i fod yn rhan o'r antur.'

''Nest ti ddim llawer i'w gadw fe.'

'Mi ath o'i wirfodd a dwi'n ei barchu o. Mae o'n hogyn cydwybodol.'

'*Constructive dismissal*, weden i. Creu sefyllfa alle fe mo'i derbyn a fynte'n "hogyn cydwybodol". Ta waeth am hynny. Mae e'n sôn am fynd i Gasa.'

'Gasa?'

'Llain Gasa. I wneud gwaith gwirfoddol 'da'r Palestiniaid.'

'Lle peryglus ar y naw.'

'Ie. 'So ti'n becso?'

'Mae o wedi bod mewn llefydd felly o'r blaen.'

'Dylet ti fecso,' meddai Eirlys gyda chwerthiniad chwyrn. 'Bydd dy ferch yn mynd 'da fe.'

'Be? Cheith hi ddim!'

'Shwt wyt ti am stopo hi?'

'Mi siarada i hefo hi. Heno.'

'Na 'nei.'

'Ben bora fory.'

'Bues i 'da hi a Gwion yn y fflat am gwpwl o orie. Ma nhw'n benderfynol. Ma hi mor stwbwn â fe. Mor stwbwrn â ti.'

'*Ma* gynnon ni broblam.'

'Ein problem *ni* yw hi nawr! Odi, ma hi. Achos rwy'n meddwl y byd o Marian. Ond ti achosodd y broblem. Sdim ots 'da'r Israeliaid pwy saethan nhw... menywod, hen bobol, plant, gweithwyr dyngarol...'

'Ma 'na ochor arall i'r stori yna, ond awn ni ddim ar ei hôl hi rŵan,' ebe Madog. 'Be 'na i, Eirlys?'

'Yr unig beth stopith Gwion rhag gadel Cymru'n syth bìn yw cael cwpla'i raglen yn deidi a sicrwydd caiff hi fynd mas. Os y'n ni am ei gadw fe 'ma am fwy na chwpwl o wthnose, rhaid cael addewid o jobyn iddo fe. Un bydd e'n moyn gneud.'

'Os gnawn ni ei raglen o am Ciwba, mi gollwn ni'r cytundeb efo Godsworks,' achwynodd Madog.

'Ti yn cyfadde bod nhw wedi'n sensro ni'n barod?'

'Nagdw! Tydw i ddim. Ond mi fydda wedi'i gneud hi'n anodd i Tudur a fi, wel'di a...'

''So i am glywed d'esgusion di. Gewn ni siarad am hynny 'to. Cadw Gwion a Marian yng Nghymru yw'r flaenoriaeth nawr. Ma'n rhaid iti berswado cwmni arall i wneud rhaglen Gwion, a chynnig jobyn teidi iddo fe.'

'Anodd ar y naw,' ochneidiodd Madog.

'Byddi di'n siarad 'da penbandits y Sianel fory...'

'Mewn cynhadledd delethrebu.'

'Ma llond llaw o gardie 'da ti, Madog, diolch i'r cytundeb 'da Godsworks. Cardie cryf iawn. Gei di beth bynnag ti'n moyn. Rwy wedi dweud wrthot ti beth ddylet ti neud os wyt ti am gadw dy deulu a dy gwmni rhag chwalu.'

Derbyniodd Madog Morgan gyngor ei wraig a dilyn ei chyfarwyddyd, ac felly, bnawn trannoeth, gallai hi annog

Marian i fynd i weld ei thad am fod ganddo 'rywbeth diddorol i' ddweud wrthot ti'.

'Ydi o wedi cytuno?' holodd y ferch ifanc yn eiddgar.

'Paid â gadel iddo fe weld bod ti'n gwybod 'ny,' atebodd Eirlys a chwerthiniad yn ei llais. 'Cymer arnot bod e'n yffach o syrpréis.'

Gwnaeth Marian ei gorau i wgu wrth fynd i mewn i swyddfa'r Cadeirydd. 'Clwad bo chdi isio ngweld i?' meddai'n sdowt.

'Oes,' ebe'i thad yn llawen. 'Newydd da, Mari!'

'Felly wir.'

'Ia, newydd da iawn. Stedda.'

'Well gin i sefyll.'

'Clyw, nghariad i. Mi fuish i'n siarad efo pobol y Sianal drw'r bora a ma nhw wedi cytuno i raglan Gwion fynd allan fel *one-off*, yn enw a than logo Pant.'

'Ydyn nhw?' holodd Marian yn swta.

'A ma Pant am gynnig job golygydd i Gwion pan fydd o wedi gorffan gweithio ar Ciwba!'

'Chwara teg iddyn nhw.'

'Dyna i gyd sgin ti i' ddeud?'

'Naci,' chwarddodd Marian gan gofleidio'i thad a tharo cusan serchus ar ei dalcen. 'Ffantastig! Diolch yn fawr i chdi! Pam na fasat ti wedi meddwl am rwbath fel hyn neithiwr? Fasan ni ddim 'di ffraeo.'

Ymddiheurodd ei thad. 'Handlis i'r sefyllfa'n giami ddychrynllyd. Cyfuniad o ewfforia, jetlag a brys i fynd draw i'r Noddfa at Tudur.'

'A deud y gwir, Dad, dwi'n meddwl bydd hi'n haws i chdi a Gwion fod yn ffrindia os bydd o ddim yn gweithio i Teleduwiol,' ebe Marian ac eistedd ar ymyl y ddesg.

'Beryg bo chdi'n iawn,' cydsyniodd ei thad. 'O, ia, ma 'na un peth arall. Ma nghynnig i ynglŷn â'r tŷ yn dal ar y bwr. Gora po gynta y dechreuwch chi chwilio am rwla.'

'Fory nesa!' ebe Marian yn frwd cyn cofio am eu sgwrs flaenorol ar yr un pwnc a chloffi. 'O... wel... dwn 'im. Wt ti'n dal i ddisgwl inni ga'l priodas grand? Y gadeirlan, sbloet ar lawnt rhyw blasty aballu?'

'Gyn bellad â bod Gwion yn gneud "dynas onast" ohonach chdi, waeth gin i...'

Gwylltiodd Marian. 'Ydw i'n anonast rŵan?'

'Sorri. Geiriad anffodus. Am 'ych bod chi'n priodi mewn rhyw fath o addoldy...'

'Neu ma'r cynnig odd ar y bwr?'

'Ddeudis i mo hynny.'

'Be wt ti'n ddeud?'

'Jest bod hwn yn gwmni Cristnogol, Marian, a'i bod hi'n rhesymol iddo fo, felly, ofyn i'w weithwyr arddal y gwerthoedd Cristnogol.'

'Be os gwrthodan nhw? Gân' nhw'r sac?'

'Na chân' siŵr. Ond wela i ddim pam bod Gwion mor gyndyn o briodi, a fynta'n Gristion.'

'Ma 'na Gristnogaeth a Christnogaeth, Dad.'

'Oes, gwaetha'r modd,' cydsyniodd Madog Morgan yn benisel wrth i'w ferch adael ei swyddfa fel petai haint arno.

Ffoniodd Marian Gwion yn gyntaf, yna Eirlys ac wedyn Dafydd, i gyhoeddi'r newydd da ac i achwyn ynglŷn ag ymgais ddiweddaraf ei thad i ymyrryd yn ei bywyd personol hi a'i chariad. Wedi sbel o bregethu, daliai'r gymysgedd o lawenydd a dicter i'w chorddi ac nid yn ddiymdrech y canolbwyntiai ar deipio datganiad i'r wasg:

Diwygiad yn Nhre'r Cofi! Telesidonia yn mynd yn Teleduwiol!

Dyna pam na welodd ac na chlywodd hi'r Brawd Tudur ap Trefor yn llithro trwy ddrws y Brif Swyddfa, yn llyncu joch o'r ffiol fechan a lechai ym mhlygion ei abid ac yn troedio tuag ati cyn daweled â rhith. Ni ddaeth Marian yn ymwybodol o bresenoldeb y mynach nes iddi synhwyro fod rhywun yn sefyll y tu ôl iddi. Trodd a sgrechian.

'Waa!'

'Dyna groeso, Marian!' cellweiriodd y Brawd Tudur.

Parai wyneb bachgennaidd y mynach, ei wên barod, ei ddannedd gwynion, perffaith a'i wefusau llawn iddo ymddangos yn llawer iau na phump a deugain. Cymedrol ydoedd o ran taldra ac awgrymai ymchwydd ei abid nad oedd yn ymprydiwr mor selog ag y tybiai ei ddisgybl, Madog Morgan. Roedd ei ben wedi'i eillio o glust i glust a hongiai ei wallt yn gudynnau duon hyd at ei ysgwyddau cydnerth; hwn oedd y 'tonsur Celtaidd, a ddaethai i Ynysoedd Prydain o'r Eglwys Fore yn Antioch', fel yr eglurai. Datgelai *décolletage* abid glaerwen y Brawd ychydig flewiach gwrywaidd a chroes arian o hyd a lled llaw. O odreon y dilledyn ymddangosai coesau cyhyrog a thraed sandalog.

'Sorri, Tudur,' ymddiheurodd Marian. 'Ddychrynoch chi fi.'

'Ydw i cyn hyllad â hynny?' chwarddodd y mynach. 'Na! Paid ag atab! Wel, beth wyt ti'n feddwl o'r newydd da ddaeth dy dad a fi efo ni dros yr Iwerydd?'

'Ardderchog, Tudur. Diolch yn fawr ichi am ga'l cymaint o waith inni.'

'Dy dad bia'r clod, nghariad i, er iddo fo ddeud yn wahanol, mae'n siŵr. Y cwbwl 'nes i oedd trefnu, trwy gysylltiada sydd gen i yn y States, iddo fo gyfarfod penaethiaid y gorfforaeth fawr yma oedd yn digwydd chwilio am bartnar yn y Deyrnas Gyfunol. Mae'n ddrwg gen i, gyda llaw, na fydd Gwion efo ni yn yr anturiaeth fawr sydd o'n blaena ni. Mae'n arbennig o edifar gen i nad oeddwn i yma neithiwr, pan wnaeth o 'i benderfyniad, braidd yn fyrbwyll, yn fy marn i. Rydw i'n ffyddiog y gallwn i fod wedi lleddfu ei bryderon o ynglŷn â Godsworks. Mi fydda Gwion wedi gweud cyfraniad gwerthfawr i'r gyfres a phetai o heb gael swydd efo cwmni arall, mi fyddwn i wedi pwyso ar Madog i'w ailgyflogi o. 'Nei di ddeud hyn'na wrth Gwion, Marian?'

'Mi 'na i,' cydsyniodd Marian, 'ond tydw i ddim yn meddwl y basach chi wedi medru newid ei feddwl o.'

'Mi fyddwn wedi gwneud fy ngora i'w berswadio fo nad anghenfil corfforaethol, adweithiol ydi Godsworks, fel y gwna i, y tro nesa gwelwn ni'n gilydd.'

Aeth y Brawd Tudur draw at y ddesg agosaf a phowlio'i chadair at dalcen desg Marian ac eistedd arni yn wynebu'r ferch ifanc, fel mai prin fodfedd oedd rhwng eu pengliniau. 'Mi aeth hi'n dipyn o ffrae rhyngddat ti a 'rhen Madog bora 'ma?' awgrymodd.

'Faswn i ddim yn deud hynny.'

'A ma'n siŵr dy fod ti'n iawn. Ond mi gadewis i o yn ei ddagra.'

'Do wir?' holodd Marian yn bryderus.

'Do, Marian, mae'n ddrwg gen i ddeud.'

'Am mod i a Gwion yn gwrthod priodi pryd ac yn lle mae o isio inni?'

'Rydw i'n meddwl ei fod o wedi disgwyl mymryn o ewyllys da, ac ynta wedi bod mor barod i gymodi mewn perthynas â'r rhaglen sy mor bwysig i Gwion.'

'Gwion a fi sydd i benderfynu ynglŷn â phriodi. Neu beidio.'

'Wrth gwrs, Marian.'

'Rydach chitha'n meddwl 'run fath â Dad, tydach?'

'Mi fyddwn i'n rhagrithio taswn i'n gwadu hynny. Ond rydw i wedi'i gynghori o i ymatal rhag rhoi pwysa arnach chi. "Taw pia hi ar y pwnc yma, Madog, ar hyn o bryd," meddwn i wrtho fo. "Ma hi'n naturiol i bobol ifanc wrthryfela yn erbyn awdurdod y to hŷn. Ma Marian a Gwion yn meddwl y byd o'i gilydd, felly lleia'n byd cwyni di, gynta'n byd priodan nhw." '

'Ddeudoch chi hynny wrth Dad?'

'Do,' meddai'r mynach gyda nòd gadarnhaol. 'Byddwch yn amyneddgar efo fo, Marian, chdi a Dafydd. Fel llawar un sydd wedi cael tröedigaeth ysbrydol, ysgytwol, mae'r awch genhadol yn danbaid iawn yn dy dad. Ma'r dyn annwl ar dân i ledaenu'r genadwri ac i weld pawb, yn enwedig y rhai mae o'n eu caru, yn gyfrannog o'r un bendithion a'r llawenydd â fo'i hun. Mi fydd yn cael ei lethu gan euogrwydd weithia, na roddodd o i ti a Dafydd y fagwraeth Gristnogol gafodd o.'

'Mi roddodd fagwraeth dda iawn, gariadus iawn inni, dan amgylchiada anodd,' mynnodd Marian.

'Un freintiedig yn faterol ac yn emosiynol, heb os nac oni bai,' cyfaddefodd y Brawd Tudur,' ond teimlad dy dad ydi ei fod o wedi esgeuluso'r dimensiwn ysbrydol. Y gofal dyledus am eich eneidia tragwyddol. Mae hynny'n dân ar ei groen o.'

'Tydw i na Dafydd ddim yn meddwl bod gynnon ni le i gwyno.'

'Nac ydach, nac ydach,' ebe'r mynach gan siglo'i ben yn brudd. 'Ga' i offrymu gweddi drosoch chi, Marian?'

'Dim un rhy faith?' ebe hithau'n obeithiol. 'Gin i lot fawr i' neud, diolch i'ch llwyddiant chi a Dad yn Mericia.'

Cododd y Brawd Tudur a sefyll y tu ôl i gadair Marian, fel y gwnaethai gynnau. Syllodd i lawr, am ysbaid faith, ar wynder ei gwddf, ei gwar a'i mynwes, cyn cau ei lygaid a gosod ei ddwylo yn ysgafn ar ysgwyddau'r ferch ifanc. Ymbiliodd ar ei Dad Nefol i gymodi Marian â'i thad daearol. 'Pair i'th dangnefedd tragwyddol Di deyrnasu dros y teulu bach hwn,' deisyfodd. 'Rho i Madog a Marian "yr hedd na ŵyr y byd amdano", gan adfer yr anwyldeb a beraroglai eu perthynas yn nyddiau plentyndod Marian.'

Wrth ddiolch i'r Hollalluog am 'ddoniau Marian, am ei serchogrwydd, am ei gwenau hyfryd, am ei thlysni,' gwasgai'r gweddïwr y cnawd ifanc, ir.

'Dach chi'n 'y mrifo i, Tudur,' cwynodd Marian. 'Tynnwch 'ych dwylo odd ar 'yn sgwydda i, plis.'

Gwasgu'n dynnach wnaeth y mynach a chripiodd Marian gefn ei law chwith.

Dyrchafodd y Brawd Tudur ei law arall fry a bloeddio, 'Aw! Y b... Bendigedig fyddo'r Arglwydd!' fel y daeth Dafydd i mewn i'r Brif Swyddfa.

'Be sy'n mynd ymlaen fan hyn?' holodd Dafydd

'Y Brawd Tudur ath i hwyl wrth weddïo,' meddai Marian.

'Dyna i gyd?' ebe Dafydd yn amheus.

'Ia, dyna i gyd,' atebodd y mynach a'i wên addfwyn yn pefrio. 'Maddeua imi am amharu ar dy ddiwydrwydd di, Marian. A diolch am orig hyfryd yn dy gwmni.'

'Diolch i chi am y cwarfod gweddi, Tudur,' coegodd Marian.

Cododd y Brawd Tudur ei ddeheulaw tua'r nef unwaith eto a bendithio'r bobol ifanc gyda'r geiriau 'Tangnefedd yr Arglwydd a fo gyda chwi!' cyn rhodio'n urddasol a defosiynol tua'r drws.

4

'Ymgynghorydd Ysbrydol' oedd teitl swyddogol y Brawd Tudur ap Trefor ond ef, mewn gwirionedd, ac nid Eirlys Morgan, oedd cynhyrchydd *Saint Cymru drwy'r Oesau*. Ef osododd sylfeini cyllidol a chytundebol y gyfres mewn trafodaethau gyda'r Sianel, pobol Godsworks a phartneriaid eraill, a'i ddyfais ef oedd *modus operandi*'r sgriptio.

Yn hytrach na chyflogi tîm o awduron Cymraeg, fel y bwriadai Eirlys, gofynnwyd i nifer o glerigwyr cadarn eu ffydd efengylaidd lunio bywgraffiadau Saesneg o'r gwrthrychau – Dewi Sant, Dwynwen, Pantycelyn *et al*. Byddai'r rheini'n cael eu hanfon i bencadlys y gorfforaeth Americanaidd i'w troi'n sgriptiau 'heb eu heintio gan ddiwinyddiaeth ryddfrydol neu waeth', chwedl y Brawd. Yna fe'u trosid i'r Gymraeg yng Nghymru ac i nifer o ieithoedd eraill yn yr Unol Daleithiau.

Yn rhinwedd ei swydd fel caplan, pwysai'r Brawd Tudur ar y gweithlu, gyda'i gwrteisi a'i addfwynder arferol, i gydymffurfio â *'dress code* Cristnogol' trwy 'wisgo'n weddus' bob amser, h.y., mewn modd na fyddai'n rhoi amlygrwydd dianghenraid i nodweddion rhywiol eu cyrff. Gofynnai i'r merched ofalu 'coluro'n gynnil' ac i'r gwrywod wisgo crysau a choleri, trowsusau ac esgidiau lledr yn lle'r crysau-T, jîns a dapiau traddodiadol. Nid oedd mynychu'r cyfarfod gweddi am ddeg o'r gloch bob bore yn orfodol, ond clywai pawb y darlleniadau o'r Ysgrythur, y gweddïau a'r emynau gan fod y gwasanaeth yn cael ei ddarlledu drwy'r system PA.

Yn sgil y datblygiadau hyn, aeth y berthynas rhwng y Brawd Tudur a theulu Madog Morgan – ac eithrio Mrs Myfanwy Morgan – o ddrwg i waeth. Ymbellhaodd Dafydd a Marian oddi wrth eu tad ac aeth Eirlys i deimlo fod ei phriodas dan fygythiad.

'Ma mwy o feddwl 'da ti o'r Brawd na s'da ti ohono i!' edliwiodd un min nos wrth iddo esgeuluso ei swper ei hun er mwyn cael gweini ar breswylwyr y Noddfa. 'Ry'ch chi 'da'ch gilydd drw'r dydd, bob dydd, yn y gwaith; mas bob nos yn swcro rafins a ryffians y Dre, ac off i Fotheringay jest bob weekend. Be chi'n neud 'co? Alla i ddim peidio meddwl am graffiti welon ni slawer dydd: "Get the Abbey habit – fuck a monk"!'

'Ma'n loes calon i mi dy glywad di'n deud petha cas a chreulon am ddyn mor dda,' fyddai ateb Madog i'w hymosodiadau. 'Wn i nad ydi'r ffaith fod Tudur wedi achub enaid dy ŵr di'n golygu fawr iti, ond cofia i fod o wedi achub ei fywyd o hefyd, a'i gwmni, a'n swyddi ni i gyd. Mi fydda i'n dal i ga'l pylia o ansicrwydd ac anobaith, wsdi, a ma gofyn imi encilio i Fotheringay pan fedra i, i ailjarjio'r batris ysbrydol.'

Ond yr hyn a ddigiodd Dafydd a Marian gymaint nes iddynt fygwth ymddiswyddo oedd datganiad a ddaeth drwy'r uchelseinydd rhyw fore dydd Gwener:

'Neges i'r Cadeirydd, os ydi o yn yr adeilad, oddi wrth y caplan. Mae gen i bentwr o lythyra a chytundeba iti'u llofnodi, os gweli di'n dda, Madog. Dim byd o dragwyddol bwys, ond os gelli di alw i ngweld i gyntad ag y byddi di'n rhydd, mi fyddwn i'n ddiolchgar dros ben. A thra mod i'n traethu, a gweithlu Teleduwiol i gyd yn gwrando – gobeithio! Ha-ha-ha! Rydw i'n siŵr eich bod chi! – ga' i ddweud pa mor siomedig yr ydw i a'r Cadeirydd fod cyn lleied wedi troi i mewn atom ni i'r cyfarfod gweddi yn Stiwdio B y bore 'ma. Does dim gorfodaeth ar neb i fynychu'r gwasanaetha hyn, wrth gwrs, ond afraid yw dweud fod y Cadeirydd a minnau'n mesur ymroddiad a ffyddlondeb ein cyd-weithwyr i Teleduwiol yn ôl eu presenoldeb mewn moddion gras.

'Ar nodyn mwy cadarnhaol, rydw i'n llawenhau o weld cynifer ohonoch chi'n cydymffurfio â chanllawiau'r cwmni parthed diwyg. Ond mae un ddafad ddu yn eich plith, mae arna i ofn. Mae'r hen grys-T sy amdanat wedi mynd yn ddi-raen iawn, os ca' i ddeud, Dafydd, a'r geiria treuliedig ar y frest mor ddi-chwaeth ag erioed. Mae gynnon ni hawl i ddisgwyl gwell gan fab y Cadeirydd, o bawb, decini.

'Mi derfyna i'r cyhoeddiad hwn efo newydd da a newydd drwg. Y newydd drwg i ddechra. Yn dilyn cwyn gan gyd-weithiwr sy'n dymuno bod yn anhysbys, rydw i, yn rhinwedd fy swydd fel caplan, wedi gorfod atgoffa dau o'ch plith chi o eiriau a geir yn yr ail adnod ar hugain o'r ddeunawfed bennod o Lyfr Lefiticus: "Ac na orwedd gyd â gwryw fel gorwedd gyd â benyw, ffieidd-dra yw hynny" ac o gondemniad yr Apostol Paul yn y seithfed adnod ar hugain o'r bennod gyntaf o'i Epistol at y Rhufeiniaid o "wŷr ynghyd â gwŷr yn gwneuthur bryntni". Y newydd da ydi fod Gwilym, ein prif ŵr camera, a Hywel, ein technegydd sain, trwy syrthio ar eu bai ac addunedu wrtha i a'r Cadeirydd y byddan nhw'n rhoi'r gorau i arferion sy'n hollol groes i ethos Gristnogol Teleduwiol, wedi osgoi cael eu diswyddo.

Wnewch chi gofio am Gwil a Hyw yn eich gweddïa, gan ofyn i'r Hollalluog anfon iachâd llwyr iddyn nhw? Yn enw'r Tad a'r Mab a'r Ysbryd Glân, bora da bawb.'

Roedd geiriau'r caplan yn dân ar groen Dafydd, a aeth at ei chwaer a gofyn iddi ddod gydag ef at eu tad i ofyn iddo ddweud wrth Tudur, 'nad oes gynno fo hawl i'n gorfodi ni i gydymffurfio efo'i gulni o. Os gwrthodith Dad, ddeudwn ni bod rhaid iddo fo ddewis rhwng y Brawd Tudur a ni. Bod y Brawd i gael hwi ne mi 'nawn ni fel y gwnath Gwion.'

'Pwyll pia hi, Dafydd,' cynghorodd ei chwaer. 'Ma Dad fel matshan os beirniadith rhywun Tudur. Beryg na dyfaru 'nawn ni os awn ni ato fo yn 'yn hyll a ramtamio. Gawn ni air hefo Eirlys...'

''So inne'n lico'r Brawd Tudur na'i ddaliade, fwy nag y'ch chi,' meddai Eirlys. 'Ond sdim dewis 'da ni, ma arno i ofan, ond aros nes bydd Madog wedi gweld trwyddo fe hefyd.'

'Pryd bydd hynny, Eirlys?' gofynnodd Dafydd. 'Faint sy raid inni i gyd ddiodda? Nes clywn ni orchymyn yr Aiatola inni labyddio Winnie am ei bod hi'n newid dynion gyn amlad â ma hi'n newid ei theits? Rhaid i Dad ddewis rhyngddo fo a ni.'

'Ma ofan arno i taw'r Aiatola ddewisth e os ewch chi ato fe nawr,' oedd ateb digalon Eirlys.

'Waeth inni fadal 'ta,' meddai Marian. 'Gas gin i fod 'ma, a deud y gwir. Ma Gwion yn meddwl bod 'na job imi'n Pant.'

'Fasan ni ddim ar y clwt yn hir iawn,' ebe Dafydd. 'Does ddim raid i neb fod yn ddi-waith am hir os ydi o'n siarad Cymraeg yn o lew ac yn ddosbarth canol.'

'Os ewch chi, pa obaith fydd i'r cwmni fod yn un deche

'to? Ac i'ch tad gallio? Ry'n ni'n moyn ca'l y ddou'n ôl fel oedden nhw, on'd y'n ni? Allen i fyth neud 'ny ar ben 'yn hunan. Ac os cerdda i mas o Teleduwiol, gerdda i mas o mhriodas.'

'Fedra i ddallt hynny,' ebe Dafydd, 'ond tydw i ddim yn meddwl bod 'na lawar o ddyfodol i mi yn Teleduwiol.'

Bu tawelwch am ysbaid faith tra ystyriai'r tri ddiflastod y sefyllfa a pha fodd y gellid achub Madog Morgan a'i gwmni o goflaid ffwndamentalaidd y Brawd Tudur. Eirlys lefarodd gyntaf, ac meddai: 'Gan fod Madog yn mynd yn benwan bob tro clywith e air o feirniadaeth ar Tudur, falle taw'r dacteg ore fydde cael gair 'da'r Brawd Tudur ei hunan. Trial ei berswado e i fod yn llai beirniadol o'r staff achos bod peryg gwirioneddol i'r rhan fwya ohonoch chi adel Teleduwiol cyn bod *Saint Cymru* ar y *story board*.'

'Pryd deudi di hyn wrtho fo?' gofynnodd Dafydd yn ymosodol.

'Rwy'n cwrdd â Tudur fory, i drafod *Y Cyfryngwr*. Ma'r Brawd yn barchus iawn ohono i. Mae e'n deall bod 'bach o ddylanwad ar Madog 'da fi o hyd a 'so fe am neud gelyn ohono i. Rwy'n meddwl bod siawns wrandawith e arno i.'

'Lle cewch chi'ch *tête-à-tête?*' gofynnodd Marian.

'Yn y Stiwdio Olygu,' atebodd Eirlys. 'Pam?'

'Swn i'n chwilio am rwla mwy cyhoeddus taswn i chdi,' awgrymodd Marian. 'Neu mi fydd y sglyfath â'i ddwylo drostach chdi'n bob man. Yn enwedig os eith o i weddi!'

'Ni'n gorffod cwrdd yn y stiwdio,' meddai Eirlys. 'I fi allu dangos y *rushes* iddo fe.'

'Fasa 'rots gin ti taswn i'n bygio'ch cwarfod chi?' holodd Dafydd.

'Beth ti'n feddwl?'

'Meic bach, agorad, godith 'ych sgwrs chi, bob gair. Os deudith Tudur betha powld, neu drio mynd i'r afal hefo chdi, mi fydd gynnon ni brawf.'

'Sa i'n gwbod...'

'Mi fydd hi'n saffach, chdi,' cynghorodd Marian.

5

Oedodd y Brawd Tudur o flaen drws y Stiwdio Olygu.
Cymerodd anadl ddofn, dal ei wynt a'i ollwng yn araf o'i
ysgyfaint. Edrychodd dros ei ysgwydd i sicrhau fod Marian,
Dafydd a'r ddwy ysgrifenyddes newydd yn canolbwyntio ar
eu gwaith. Ei ffiol oedd lawn nes y cododd hi at ei wefusau
a llyncu hanner ei chynnwys ar ei dalcen. Caeodd ei lygaid
wrth i'r danchwa lesmeiriol lifo drwy ei wythiennau a
gadael gwaddod o hyder a serchogrwydd yn ei
ymysgaroedd a'i ymennydd. Curodd yn ysgafn ar ddrws y
stiwdio, ei agor a mynd i mewn.

Eisteddai Eirlys Morgan o flaen sgrin ei chyfrifiadur yn
gwylio clip o'i gŵr ger maen coffa Llywelyn yng Nghilmeri
yn egluro beth oedd arwyddocâd y fangre iddo ef.

'Ydi'n saff imi ddŵad i mewn, Eirlys?' holodd y mynach
yn siriol fel yr adroddai Madog Morgan 'Poni welwch-chwi
hynt y gwynt a'r glaw / Poni welwch-chi'r deri'n ymdaraw?'

Trodd Eirlys a chyfarch yr ymwelydd. 'Wrth gwrs 'ny,
Tudur,' meddai gyda gwên a rhoi stop ar y peiriant.
'Eisteddwch man hyn ar 'y mhwys i. Af i 'nôl i ddechre'r
rhaglen. Neu shwt rwy'n meddwl bydd hi'n dechre, ta p'un.'

Roedd Eirlys wrthi'n golygu hanner awr o ragymadrodd
i *Saint Cymru drwy'r Oesau* ar ffurf rhaglen am ei gŵr.
Gwobr gysur iddi oedd honno oherwydd i'r Brawd Tudur ei
ddisodli fel gwir gynhyrchydd y gyfres.

Gwasgodd Eirlys yr allweddau priodol ac ar y sgrin
ymddangosodd y geiriau MADOG MORGAN, *Cristion a*

Chyfryngwr uwchben llun o'r gwrthrych yn syllu ar gerflun enwog Jacob Epstein o Grist, yng Nghadeirlan Llandaf.

'Dechreuad bendigedig, Eirlys,' molodd y mynach gan wasgu braich y wraig ifanc yn dyner wrth eistedd yn ei hymyl. 'Dyna osod y cywair yn deg o'r dechrau. Ma'ch chwaeth chi'n ddi-ffael, fel y bydda i'n deud mor amal wrth Madog. Ac a ga' i ddeud wrthach chi, Eirlys, bod cydweithio efo chi nid yn unig yn fraint, ond yn addysg? Mae gen i rywfaint o brofiad o drin ffigurau a dadansoddi cytundeba, gan fod Abaty Fotheringay yn fusnas, yn fusnas rhyngwladol llewyrchus iawn, yn ogystal â bod yn addoldy ac yn hafan ysbrydol, ond ma byd y cyfrynga, ochr greadigol y byd hwnnw o leia, yn un diarth iawn imi ac rydw i'n ystyriad fy hun yn ffodus dros ben o gael mynediad iddo fo dan eich adain garedig chi, fel petai.'

'Mi fyddwch chi'n hedfan heb fawr o help gen i na neb arall, yn glou iawn, Tudur,' atebodd Eirlys. 'Busnes yw cynhyrchu. Dwedwch wrtho i beth y'ch chi'n feddwl o'r shots rwy'n bwriadu'u rhoi o dan y teitle?'

Ar y sgrin ymddangosodd lluniau o Madog Morgan mewn gwahanol leoliadau: ar lethrau'r Wyddfa, yn syllu o Harlech dros Fae Ceredigion, yn cael ei urddo â'r wisg wen yn Eisteddfod Genedlaethol Glyn Ebwy, yn y stiwdio yn cyfarwyddo actorion, yn ffilmio'r Senedd ym Mae Caerdydd, yn ei grys rygbi coch a'i fwffler coch a gwyn, ger Stadiwm y Mileniwm ar ddiwrnod gêm ryngwladol, yn addoli gyda chyfryngwyr ac actorion adnabyddus mewn oedfa yng Nghapel Salem, Treganna.

'Awn ni'n syth i'r cyfweliad rŵan,' ebe Eirlys gan hepgor teyrngedau cyfeillion a charennydd i'w gŵr. 'Ma'na un neu ddau o bethach nagw i'n hollol hapus 'da nhw.'

'Beirniadwch chi fi'n hollol ddiflewyn-ar-dafod, Eirlys bach,' erfyniodd y Brawd Tudur. 'Dyna sut y dysga i yntê?'

'Gobeithio y byddwch chi'n lico beth rwy wedi'i neud 'da'r cyfweliad,' meddai Marian. 'Bydd e wedi'i dorri'n bytie ar gyfer y rhaglen, wrth gwrs.'

Ar y sgrin ymddangosodd y geiriau: *MADOG MORGAN / CYFWELIAD TUDUR / LLEOLIAD: SWYDDFA MADOG* ac yna recordiad o'r sgwrs ynghyd â ffotograffau a phytiau o ffilm yn darlunio'r bobl, y digwyddiadau a'r lleoliadau y cyfeiriai Madog atynt.

TUDUR: Mi gawsoch chi'ch magu ar aelwyd Gristnogol, yn fab i'r Parch. Seimon Llefelys Morgan a'i wraig, Myfanwy...

Ffotograffau o'r Parch. a Mrs Morgan pan oedd y ddau yn y coleg ac ar ddiwrnod eu priodas. Ffoto o Madog yn grwtyn gyda'i rieni balch.

MADOG: Magwraeth rydw i'n fwyfwy gwerthfawrogol ohoni wrth i mi fynd yn hŷn.

TUDUR: Roedd hi'n aelwyd wlatgar hefyd. Yn genedlaetholgar, hyd yn oed?

MADOG: Roedd Mam, Myfanwy Morgan, yn un o aeloda cynta Cymdeithas yr Iaith Gymraeg. Mi fu hi'n eistedd ar Bont Trefechan *(Clip o'r brotest)* ac roedd ymhlith y rhai cyntaf i ymddangos mewn llys ynadon am wrthod codi trwydded ar ei char.

TUDUR: Yn ffodus iawn, mi ydan ni wedi dod o hyd i ddarn o ffilm o'ch mam yn ferch ifanc, ddibriod ar y pryd, yn cymryd rhan ym mhrotest y Gymdeithas yn llythyrdy Dolgellau, yn y flwyddyn 1965.

Ffilm ddu-a-gwyn. Myfanwy Morgan ifanc yn cael ei chario o'r adeilad sy'n llawn protestwyr, gan dri phlismon, un a'i ddwylo dan ei breichiau a'r ddau arall â choes yr un. Mae ffrog Myfanwy am ei chanol ac yn datgelu pâr o goesau siapus. Temtir un o'r plismyn i fwytho un o'r coesau a chaiff gic yn ei geilliau yn gosb am ei hyfdra.

TUDUR: Roedd eich tad yntau'n genedlaetholwr?

MADOG: Ac yn heddychwr.

Ffilm ddu-a-gwyn o Seimon mewn gorymdaith CND.

TUDUR: Doedd hynny ddim yn wir am eich mam?

MADOG: Nagoedd, fel y gwelwch chi o'r clip nesa, sy'n dangos fy rhieni yn y brotest fawr o flaen Llys y Goron, Abertawe, yn 1971.

Ffilm ddu-a-gwyn o brotestwyr yn chwifio posteri ac ati a phlismyn yn eu hambygio. Gwelir y Parch. Seimon Llefelys Morgan yn cael ei restio gan ddau blismon sy'n ei dywys i un o'u faniau. Mae ef yn ei dridegau cynnar ac yn gwisgo het, top-côt a choler gron. Gwelir hefyd Mrs Myfanwy Morgan, wedi ei gwisgo'n barchusach nag o'r

blaen ond yn dal yn ei hugeiniau. Mae hi'n waldio'r
plismyn hefo'i hanbag cyn cael ei restio a'i llusgo i'r fan
dan strancio.

TUDUR: Roedd eich mam yn dipyn o eithafwraig yn y dyddiau hynny?

MADOG: Mae hi'n dal i fod felly, yn gryf o blaid ei hiaith a'i chrefydd.

TUDUR: Ydi hi'n wir i ddeud eich bod chi, Madog, wedi etifeddu'r gynneddf 'eithafol' honno?

MADOG: Mi gymris ran yn yr ymgyrch dros sefydlu'r Sianel Gymraeg a chael wythnos o garchar am wrthod codi leisians deledu. Dim byd, o'i gymharu ag aberth llawer o genedlaetholwyr llawar dewrach na fi, ond mwy na rhai o'r darlledwyr a'r perfformwyr sydd wedi elwa fwya o ran swyddi a chyflog er pan sefydlwyd S4C.

TUDUR: Roedd Cymru'n wlad gythryblus iawn ar ddechrau wythdegau'r ganrif ddwytha?

MADOG: Oedd, mi oedd hi, wedi i siom Refferendwm 1979 chwalu gobeithion y chwedega a'r saithdega... Ymgyrch y Sianel, rydan ni wedi wedi sôn amdani'n barod... Y Torïaid dan Margaret Thatcher yn dad-ddiwydiannu de Cymru...

Ffilm o brotestiadau gweithwyr dur a glowyr,
protestiadau o blaid y Sianel, tai haf wedi eu llosgi'n ulw.

TUDUR: A llosgi tai haf?

MADOG: Ia...

TUDUR: Oeddach chi'n gefnogol i'r ymgyrch?

MADOG: Mi oeddwn i ar y pryd, a does arna i ddim cywilydd datgan hynny rŵan. Wnaeth y llosgi fawr o wahaniaeth i beth ddigwyddodd i gefn gwlad Cymru, y Fro Gymraeg, fel byddan ni'n ei galw hi, yn ystod y chwartar canrif dwytha, sef, carthu ethnig trwy ddulliau economaidd. Ond mi oedd hi, yn fy marn i, yn brotest gyfiawn yn erbyn trefn felltigedig sy'n bygwth bodolaeth Cymru fel gwlad a chenedl, ac yn erbyn diymadferthedd pleidia a mudiada a sefydlwyd i amddiffyn ein gwlad ni.

TUDUR: Gymroch chi'ch hun ran yn yr ymgyrch honno?

MADOG: 'Nes i rioed danio matsien na gosod ffrwydryn, ond mi 'nes i yrru'r car gludodd ddau gyfaill fu'n gyfrifol am ddifrodi ailgartref miliwnydd o Sais yn Nyffryn Clwyd.

TUDUR: A chitha'n Gristion o argyhoeddiad, beth ydi'ch agwedd chi at y weithred honno heddiw?

Stopiodd Eirlys y recordiad ac meddai: 'Dydw i ddim yn meddwl y bydda hi'n ddoeth inni gynnwys y rhan yna o'r cyfweliad yn y rhaglen, Tudur. Nid yn yr hinsawdd bresennol. Rwy'n gwybod fod Madog am "ddweud y gwir, yr holl wir, a dim ond y gwir", ac rwy'n ei barchu e am 'na, ond fyddwn i ddim am iddo fe, na chithe, ga'l 'ych cyhuddo

63

gan yr awdurdode, o "glodfori terfysgaeth". Nage terfysgaeth *à la* Al-Caida oedd hi, wrth gwrs; eiddo oedd y targed, bob tro, nid pobol, a chafodd neb ei niweidio. Ond annoeth fyddai inni ddarlledu hyn'na heddi. Nagwy'n meddwl y bydde'r Sianel yn caniatáu inni, ta p'un. Fe olyga i e fel na fydd e'n tramgwyddo nac yn peryglu neb.'

'Wrth gwrs, Eirlys, wrth gwrs,' cydsyniodd y Brawd Tudur yn daer. 'Feddylis i ddim, ar y pryd, y galla Madog niweidio'i hun wrth siarad mor onast. Rydw i mor ddiniwad a difeddwl-drwg, wyddoch chi. Sylwoch chi ar rywbeth arall y dylid ei docio neu'i dorri?'

'Do,' ebe Eirlys gan redeg y tâp ymlaen hyd at:

TUDUR: Fe weddnewidiwyd eich bywyd pan wnaethoch chi gyfarfod Eirlys, eich ail wraig?

Ffilm o Eirlys wrth ei gwaith yn y stiwdio, ar draeth mewn gwisg nofio, yn chwarae tennis, yn mynydda efo Madog.

MADOG: Mi fu Ffawd... Rhagluniaeth, ddylwn i ddeud... yn garedig iawn wrtha i eto. Mi wenodd arna i... Eirlys ydi'r ddynas hardda, anwyla, fwya deallus a diwylliedig 'nes i gwarfod i erioed... Mae hi bymthag mlynadd yn iau na fi, a dwn i ddim be ma hi'n weld mewn cradur mor hunanol, oriog ac ansefydlog â fi. Wn i ddim chwaith be fydda'n hanas i na mhlant, hebddi hi. Mae Eirlys yn 'wraig orau o'r gwragedd' i mi ac yn fwy fel chwaer i Dafydd a Marian na llysfam.

'Ma'r hen ffŵl OTT man'na,' meddai Eirlys wrth stopio'r tâp.

'Peidiwch â meiddio fy sensro i,' chwarddodd y mynach. 'Ffŵl ai peidio, mae'r dyn yn siarad o'r galon ac yn hollol ddiffuant.'

'Falle bod e. Ond nago'n i'n ddigon hardd, deallus, diwylliedig, etc, etc, i stopo fe fynd yn slaf i'r ddiod, o'n i? Chi nath hynny, Tudur. Bydda i'n fythol ddiolchgar ichi.'

'Roedd eich gŵr yn "slaf i'r ddiod" ymhell cyn iddo fo'ch cyfarfod chi, Eirlys,' ebe Tudur gan gydio yn ei llaw a syllu'n gydymdeimladol i fyw ei llygaid. 'Ac mae o'n dal yn fregus, yn dal mewn peryg. Dyna pam y des i yma hefo fo, ac yr arhosa i, gyda'i gennad o a chitha, nes bydd o ar dir diogelach.'

'Diolch, Tudur,' meddai Eirlys gan ryddhau ei llaw. 'Rwy'n falch eich bod chi yma...'

'Ydach chi?' holodd Tudur yn eiddgar. 'Ydach chi wir, Eirlys?'

'Wrth gwrs bo fi,' atebodd Eirlys. 'A'ch bod chi'n bwriadu aros nes bydd Madog yn saff. Ond... sa i'n gwybod shwt i ddweud hyn... os y'ch chi am gwblhau 'ych gweinidogaeth – 'na'r gair cywir, yntefe? – fel y'ch chi a Madog, a finne, yn moyn, ma isie ichi gofio bo chi mewn canolfan deledu nawr, nage mynachdy.'

'Rydw i yn cofio hynny, bob awr o'r dydd, Eirlys,' chwarddodd Tudur. 'Alla i ddim meddwl am ddau le mor wahanol, a phobol mwy gwahanol, heb feirniadu na chanmol y naill garfan na'r llall. Does 'na neb tebyg i chi yn Abaty Fotheringay, er enghraifft.'

'Nagoes, gobeithio! Clywch. Beth rwy'n drial ddweud yw bod isie ichi fod 'bach mwy goddefgar. Y cyhoeddiad wnaethoch chi, er enghraifft, 'boutu Hywel a Gwilym. Haloch chi lot o bobol mor grac – Dafydd a Marian yn eu pllith – ma nhw'n sôn am whilo swyddi 'da cwmnïe eraill. Bydde hynny'n drychineb i'r cwmni, i *Saint Cymru*, ac i ni fel teulu.'

Difrifolodd Tudur fel petai Eirlys wedi ei daro ar draws ei wyneb. Syllodd yn fud am rai eiliadau ac meddai'n deimladwy: 'Ma'n ddrwg gin i. Ma'n ddrwg gin i, Eirlys. A finna wedi dod yma i gyfannu, i gymodi, i hyrwyddo brawdgarwch a chwaergarwch Cristnogol!'

Pwysodd y mynach ei beneliniau ar ddesg y cyfrifiadur a'i dalcen ar ei ddwylo ac aros felly, fel delw, am ysbaid hir. Yna cododd ei ben ac meddai: 'Rydach chi'n llygad 'ych lle, Eirlys. Yn llygad 'ych lle. Roeddwn i wedi anghofio lle rydw i, pan wnes i'r sylwada hynny, yn llefaru fel petawn i mewn mynachdy, ac nid canolfan deledu. Rydw i'n derbyn 'ych beirniadaeth a'ch cerydd chi gyda diolch, Eirlys.'

'Nago'n i'n 'ych ceryddu chi, Tudur.'

'Oeddach, ac yn haeddiannol iawn, hefyd. Ma pum mlynedd o neilltuaeth o'r byd wedi ngneud i'n anghyfarwydd â'i arferion a'i foesa. Ma cymaint wedi newid, ac yn newid mor gyflym, er gwell, ac er gwaeth. Mi nath y bywyd mynachaidd fi'n gradur diniwad iawn. Naïf. Gweld popeth yn ddu a gwyn, fel gnes i, er enghraifft, mewn perthynas â'r ddau ŵr ifanc, Hywel a Gwilym. Rhaid imi fod yn gwbwl onast efo chi ynglŷn â'r matar, Eirlys. Ma cyfunrywiaeth, ysywaeth, yn gallu bod yn broblem mewn mynachdy, a beth bynnag ydi barn rhywun am... wrywgydiaeth, y cyflwr hoyw, galwch o beth fynnoch chi, rydw i'n siŵr y bydda pob person rhesymol yn cydnabod nad oes le iddo fo, nac unrhyw weithgaredd rhywiol o fath yn y byd, mewn addoldy, mewn man cysegredig. Dyna pam gnes i ymateb fel y gnes i i'r hyn glywais i am Hywel a

Gwilym druan. Fel taswn i'n dal yn yr abaty. Ydach chi'n meddwl imi neud mwy o ddrwg nag o les?'

'Odw, ma arna i ofan, Tudur.'

'Ydach chi'n meddwl bod hynny'n wir yn gyffredinol? Y bydda Teleduwiol a chi a Madog a'r gweithlu i gyd yn well hebdda i? Os mai dyna'ch barn chi, Eirlys, a chitha'n ddynas mor ddidwyll, mi ymadawa i ar unwaith, er y byddai'n loes calon gin i orfod mynd heb sicrwydd ynglŷn â llwyddiant *Saint Cymru* ac iechyd Madog, yn gorfforol, yn feddyliol ac yn ysbrydol.'

'Na, sa i am ichi madel nes bydd y Cwmni a Madog ar dir diogel.'

'Mae o fel brawd i mi, Eirlys, fel brawd. Mae'n hanas ni mor debyg, welwch chi.'

'Sut felly, Tudur?' gofynnodd Eirlys gan graffu gyda diddordeb ar wyneb golygus y mynach, yr oedd y wên siriol, arferol wedi cilio oddi arni.

'Mi gawsom ni'n dau 'yn magu ar aelwydydd crefyddol, Madog yn fab y Mans a finna'n fab y Person. Mi gollodd y ddau ohonan ni'n ffydd, mynd oddi ar y rêls yn ddifrifol a'i cha'l hi'n ôl wedyn. Mi syrthion ni mewn cariad efo merch dlos, ddeallus a diwylliedig, a defnyddio geiriau Madog. Briododd Madog ei gariad. Fûm i ddim mor ffodus...'

Tawodd y mynach, gwnaeth ddwrn dwbl o'i ddwylo a'i wasgu yn erbyn ei wefusau. Synnodd Eirlys o weld y llygaid gleision yn llenwi a holodd yn bryderus: 'Be sy, Tudur? Odych chi'n iawn?'

'Ydw, ydw, dwi'n iawn,' atebodd y llall gan sychu'r dagrau oddi ar ei ruddiau â llawes ei abid.

'Nagy'ch, dy'ch chi ddim. Dwedwch wrtha i beth sy'n bod.'

'Atgofion, atgofion, Eirlys. Rhai'n felys... rhai'n chwerw,' ebe Tudur ap Trefor gan sniffian yn dorcalonnus.

'Am beth? Dwedwch wrtha i.'

'Fydda hanas mor bitw, mor *banal* ddim o ddiddordeb ichi.'

'Bydde. Bydde'n help i fi'ch deall chi. 'So i wedi cwrdd â neb fel chi o'r bla'n, Tudur. Rwy wastad wedi bod â diddordeb mewn pobol sy'n credu pethe sydd, wel, i mi, yn gwbwl... anhygoel yw'r unig air.'

'Ac ofergoelus?'

'Wedes i mo 'na.'

'Naddo, chwara teg ichi. Wel, os ydych chi'n mynnu clwad rhywfaint o hanas y Brawd Tudur ap Trefor,' meddai'r mynach ag ochenaid ddofn a chau ei lygaid am ysbaid hir cyn mynd rhagddo. 'Angela oedd ei henw hi, ac i mi roedd hi, ac mae hi, yn angel. Merch o Adamstown, Caerdydd, a'i thad yn gweithio yng ngwaith dur East Moors. Mi ddaethon i adnabod 'yn gilydd yng nghyfarfodydd y Students' Christian Movement pan oeddwn i'n fyfyriwr yng Ngholeg Diwinyddol Llandaf ac Angela yn astudio Meddygaeth yn y brifysgol. Mi syrthion ni mewn cariad â'n gilydd ar unwaith – fi dipyn cynt na hi, a deud y gwir! – a dyweddïo. 'Yn bwriad ni, wedi inni 'll dau raddio, oedd priodi a mynd yn genhadon i un o wledydd y Trydydd Byd, neu i ardal ddifreintiedig o'r Deyrnas Gyfunol. Fi raddiod gyntaf ac i ffwrdd â fi i gyffiniau Middlesbrough, i'r Hardleigh Manor Estate – enw anffodus ond un addas iawn. "Hardluck Monkeys Estate", chwadal pobol ardaloedd mwy breintiedig. Roedd yr amgylchiadau materol tipyn gwell na'r Trydydd Byd, wrth reswm, ond bod y dirywiad cymdeithasol cynddrwg â'r hyn y gallach chi ei weld yn slymia Soweto neu Nairobi. Unwaith yr ymwelodd Angela â Hardleigh. Roedd hynny'n ddigon. Yn fuan iawn wedyn daeth y llythyr "Dear John". Roedd ei rhieni wedi cynilo ac aberthu er mwyn iddi wella'i hun, medda hi ac nid i fynd tuag at yn ôl.

'Nid dyna'r gwir reswm pam dorrodd Angela 'yn dyweddïad ni. Wel, dyna un rheswm. Jocelyn oedd y drwg yn y caws, neu'r "pry yn yr eli", chwadal y Sais. Un o lawfeddygon disgleiria Ysbyty'r Brifysgol oedd Mr Jocelyn Gresty. Gŵr priod a thri o blant ac ugian mlynedd yn hŷn nag Angela. Mi adawodd o 'i deulu a mi briodon nhw... Slap imi. Slap ofnadwy, Eirlys...

'Dyna pryd yr es i "oddi ar y cledrau", peth digon hawdd i'w wneud ar yr Hardluck Monkeys Estate. Wna i ddim 'ych diflasu chi efo'r manylion... y "lysh", y cyffuria, rhyw anifeilaidd. Beth bynnag i chi, chwe mlynedd yn ddiweddarach mi ges fy hun yn feddw ar gyfuniad o meths a *crack cocaine*, yn fudur, yn drewi a rhwng byw a marw mewn hostel yn Wapping i drueiniaid mwyaf adfydus Llundain.

'Urdd Chwiorydd Bach Sant Ffransis oedd â gofal am yr hostel a phan ddes i ataf fy hun, mi ges fraw wrth feddwl mod i'n cael *hallucination* – nid am y tro cynta! Meddwl mai Angela oedd y lleian oedd yn ceisio fy nadebru i. Mi es i o ngho, yn llythrennol! Dim ond gyda chymorth hanner dwsin o'u "cleientiaid" mwya cyhyrog y llwyddodd y Chwiorydd i fy nhawelu. A thawelu wnes i, a sobreiddio, wrth sylweddoli mai Angela *oedd* y lleian.

'Un fyrhoedlog fu priodas Angela a Jocelyn, oherwydd ei anffyddlondeb o gyda doctoresau, nyrsys a myfyrwragedd. Rhyw flwyddyn wedi'r ysgariad – deuddag mis diflas a digyfeiriad iddi, mi deimlodd Angela awydd cryf i ddod i gysylltiad efo'r "bachgen gadd ei wrthod" a theithio i Middlesbrough, i Hardleigh Manor, i chwilio amdana i. Yn rhy hwyr. Erbyn hynny doedd "Father Tudor, the whisky priest" yn ddim ond atgof ymhlith trigolion brith y stad anfarth ac aflawen honno.

'Yn wahanol iawn i mi, cradur digon di-asgwrn-cefn mewn argyfwng, mae arna'i ofn, cryfhawyd ffydd Angela gan ei phrofiada chwerw a phenderfynodd gysegru ei bywyd i wasanaethu eraill, yn y modd yr oedd hi a mi wedi'i fwriadu, yn y coleg. Arweiniodd hynny hi at Chwiorydd Bach Sant Ffransis – ac at erchwyn gwely ei chyn-ddyweddi mewn hostel i'r digartref a'r diymgeledd yn Wapping.

'Gyda chymorth Angela, mi wnes i'r siwrnai arw a throellog o gors ffiaidd aflendid a phechod, o borth marwolaeth, i fywyd o wasanaeth i gyd-ddyn ac i Grist. Ac efallai, trwy gyfrwng Teleduwiol, y medra i neud mymryn dros Gymru hefyd.

'Trwy'r cyfarfyddiad Rhagluniaethol hwnnw, adferwyd fy ffydd yn Nuw a chariad dwfn Angela a minnau at ein gilydd, ond does dim *happy ending* confensiynol i'r stori, Eirlys. Wrth ymuno ag Urdd Chwiorydd Bach Sant Ffransis roedd Angela wedi cymryd llw o ddiweirdeb, a doedd neb na dim yn y fuchedd hon yn mynd i beri iddi dorri'r adduned sanctaidd honno. Rydw inna'n derbyn y sefyllfa yn ostyngedig, er bod hiraeth amdani a dyddia diofal ienctid bron â fy llethu ar adega, Eirlys bach.'

Llifai'r dagrau i lawr gruddiau'r Brawd Tudur erbyn hyn a sychodd yntau hwy'n drwsgwl â llawes ei abid. 'Ma'n ddrwg gen i, Eirlys,' meddai. 'Ma'n siŵr 'ych bod chi'n fy ngweld i'n andros o ffŵl. Ma gen i gymaint o gywilydd...'

Crymodd y mynach ei ben nes fod ei dalcen bron â chyffwrdd â'i bengliniau.

'Druan o'r hen Dudur,' ebe Eirlys a rhoi o-bach i'r gwallt crychiog, llaes. 'Sdim gofyn ichi deimlo fel'ny o gwbwl,' meddai. Dododd ei dwylo ar ysgwyddau llydan y Brawd Tudur a pheri iddo ymsythu, ac meddai: 'Rwy'n eich edmygu chi, ac yn eich parchu chi am siarad mor onest am eich teimlade, Tudur. Chydig iawn o ddynion sy'n gallu gwneud hynny. Dim ond 'ddar pan aeth Madog i Fotheringay atoch chi a'ch ffrindie mae e'n trial.'

'Ydach chi, Eirlys, mewn gwirionadd, yn fy mharchu i ac yn f'edmygu i?' holodd y Brawd Tudur a gwên betrus, ddagreuol ar ei wyneb.

'Odw. Rwy newydd ddweud mod i,' atebodd Eirlys yn siriol.

'Ydach chi'n fy lecio i, hefyd, chydig bach?'

'Chydig bach,' ebe hithau gan chwerthin.

'Diolch, diolch, diolch!' llefodd Tudur. 'Alla i ddim disgrifio'r llawenydd sydd wedi fy meddiannu o glywed y geiria yna!'

Cydiodd y Brawd Tudur yn nwylo Eirlys ac meddai: 'Rydw i'n 'ych parchu ac yn 'ych edmygu chitha, Eirlys,' addefodd, 'er bod 'yn daliada ni mor wahanol.'

'Rwy'n falch o glywed hynny, Tudur,' ebe Eirlys.

'Gadwch inni gydlawenhau yn y cariad hwn sy'n ein huno!' mynnodd y mynach a chusanu dwylo Eirlys. Lapiodd ei freichiau amdani, ei chodi o'i sedd, ei chofleidio a chusanu ei hwyneb.

'Na!... Na, Tudur! Stopwch!' erfyniodd Eirlys wrth geisio ymryddhau o afael y breichiau a'i gwasgai'n dynn. 'Ry'ch chi wedi camddeall! 'So i'n lico chi fel 'na, nage cyment â 'na!' llefodd fel y rhuthrodd Dafydd i mewn i'r stiwdio a Marian wrth ei gwt.

'Gwllwng!' rhuodd y gŵr ifanc ac mewn amrantiad roedd ei fraich chwith am dagell y mynach a dwrn ei law dde yn pwyo'i wyneb.

I sgrechiadau Eirlys a Marian, llusgodd Dafydd ei ysglyfaeth o'r stiwdio a'i hyrddio ar lawr y Brif Swyddfa. Llwyddodd Eirlys a Marian i'w atal rhag cicio'r Brawd Tudur fwy na dwywaith.

'Ffona dy dad, Marian!' llefodd Eirlys a'i dwy law ar fynwes Dafydd rhag i hwnnw ymosod eto ar y Brawd. Petrusodd Marian. 'Nawr!' gwaeddodd Eirlys. 'Gwed wrtho fe am ddod lawr 'ma'n glou!'

Ufuddhaodd Marian y tro hwn a gwnaeth Dafydd yr un modd pan orchmynnodd Eirlys iddo: 'Sa' di man 'na a phaid â gwneud mwy o ffŵl ohonot ti dy hunan.'

Roedd y Brawd Tudur, erbyn hyn, ar ei liniau a'i ddwylo ymhleth, yn murmur Gweddi'r Arglwydd mewn llais uchel. Llifai'r gwaed o'i ffroenau yn sash goch ar yr abid wen. Pan gyrhaeddodd Madog Morgan, lledodd y mynach ei freichiau, dyrchafodd ei lygaid a llefaru â llef uchel:

'Gwyn eich byd pan y'ch gwaradwyddant, ac y'ch erlidiant, ac y dywedant bob drygair yn eich erbyn, er fy mwyn i, a hwy yn gelwyddog!'

'Tudur bach! Be sy wedi digwydd iti?' holodd Madog yn ofidus a chynorhwyo'i gyfaill i godi ar ei draed.

'Camddealltwriaeth,' mwmialodd Tudur drwy wefusau chwyddedig, briw. 'Paid â gweld bai ar Dafydd...'

'Ti nath hyn, Dafydd?' taranodd Madog Morgan.

'Am fod y bastad rhagrithiol acw'n trio repio dy wraig di!' atebodd y mab, lawn mor ffyrnig.

'Sut meiddi di neud y fath gyhuddiad?' ebe Madog, a fuasai wedi ymosod yn gorfforol ar ei fab oni bai i Eirlys sefyll rhyngddynt.

'Gofynnwch iddi hi be ddigwyddodd,' heriodd Dafydd.

'Ia, Eirlys,' ategodd Marian. 'Deud di wrthan ni be ddigwyddodd.'

A llygaid y pedwar arall arni, anadlodd Eirlys yn ddwfn ac meddai: 'Roedd Tudur dan deimlad, 'rôl bod yn sôn wrtha i am brofiade personol iawn.' Trodd at Dafydd ac ychwanegu: 'Ma'n wir bod Tudur yn fy nghofleidio i pan ruthroch chi i mewn, ond nago'dd e'n trial 'y nhreisio i, Dafydd.'

'Dyna sut o'n i'n gweld hi,' oedd ateb surbwch Dafydd.

'Idiot byrbwyll fuost ti rioed!' dyfarnodd y tad cynddeiriog. 'Ymddiheura wrth y Brawd Tudur ar unwaith, neu allan byddi di, ar dy din!'

'Ymddiheuro i hwn?' crechwenodd Dafydd a phwyntio'n dirmygus at y mynach.

'Rŵan hyn. Yn ôl dy gytundab mi 'nest ddigon i ga'l sac.'

'Camgymeriad oedd o, Dad,' meddai Marian.

'Ie,' cydsyniodd Eirlys, 'a ma'n bryd inni i gyd gwlo lawr.'

'Ma raid i hwn syrthio ar ei fai, ac ymddiheuro,' oedd ateb digymrodedd Madog Morgan. 'Mae o'n lwcus ei fod o'n ca'l cyfla i neud hynny. Diswyddiad yn y fan a'r lle, *instant dismissal*, ydi'r gosb arferol am ymosodiad corfforol ar gyd-weithiwr.'

'Fasa'n haws gin i fyta coban y sglyfath,' ebe Dafydd gan droi ar ei sawdl a martsio tua'r drws.

'Stopiwch o, Dad!' erfyniodd Marian.

'Ie,' eiliodd y Brawd Tudur. 'Cofia fod Dafydd yn fab iti!'

'Ei stopio fo?' ebychodd Madog. 'Gwynt teg ar ei ôl o! Fedar Teleduwiol neud heb anwariaid fel dy frawd, Marian.'

'Os 'na dyna'ch agwedd chi, dw inna'n mynd!' gwaeddodd Marian a rhedeg ar ôl Dafydd.

'Paid ti â bod mor ddwl!' llefodd Eirlys a chanlyn y ddau o'r Brif Swyddfa.

'Ma'n ddrwg gin i, ma'n ddrwg gin i, 'rhen gyfaill,' meddai Madog Morgan wrth y mynach anafus. 'I feddwl fod fy mab i fy hun wedi gneud hyn ichdi! Ty'd. Mi awn ni i'r Stafall Cymorth Cynta i drin dy glwyfa di.'

'Ma Duw'n anfon y treialon hyn i'n profi ni, Madog,' ebe Tudur ap Trefor wrth hercian o'r swyddfa a'i bwys ar ei gyfaill. 'I brofi ansawdd ein ffydd. Ma'n rhaid i ti gymodi â Dafydd.'

'Dim nes syrthith o ar ei fai ac ymddiheuro...'

'Efallai y bydd hi'n haws iddo wneud hynny pan glyw o mod i wedi penderfynu mynd yn ôl i'r abaty...'

'Na! Chei di ddim!' mynnodd Madog. 'Er medra i ddallt pam dy fod ti isio madal.'

'Am mod i wedi dod yma i ledaenu Efengyl Tangnefedd ond yn lle hynny, yn gyfrifol am greu cynnen ac anghytgord rhwng aeloda'r teulu anwyla adwaenis i erioed. Y teulu roeddwn i wedi dechra teimlo mod i'n aelod ohono fo.'

'Paid â chrio, paid â chrio, 'rhen goes,' erfyniodd Madog, 'a phaid â meddwl gadal Teleduwiol nes byddi di wedi cyflawni dy waith bendigedig yn 'yn plith ni.'
'Rhan bwysig ohono fo fydd gweddïo dros Dafydd,' ebe'r Brawd Tudur. 'Rhaid inni'n dau wneud hynny, Madog, nes dychwelith o i'r gorlan.'

6

Rhyw fis wedi ymadawiad Dafydd a Marian, dechreuodd Eirlys ohebu ag *agony aunt* ddychmygol a sgrifennai dan y ffugenw 'Arianrhod'. Ni wyddai Eirlys enw iawn Arianrhod, dim ond ei bod yn newyddiadurwraig yn ei phumdegau cynnar a chanddi brofiad helaeth o'r byd, ei bethau a'i bobol a'i bod wedi llwyddo mewn proffesiwn cystadleuol yr oedd yn haws i wrywod wneud hynny ynddo.

Roedd gan Eirlys dair ffrind y gallai ymddiried ynddynt, dwy athrawes a chyfreithwraig, ond teimlai'n gyndyn o ddatgelu cyfrinachau teuluol wrth rai a fyddai'n taro ar ei gŵr, ei llysblant a'i mam-yng-nghyfraith o bryd i'w gilydd. Ofnai y byddai'r gyfreithwraig yn meddwl ei bod yn gofyn am gyngor proffesiynol ac i'r dybiaeth honno gael ei gwireddu wrth iddynt drafod ei phroblemau.

Roedd hi wedi dechrau sgrifennu epistolau at 'fodrybedd' rhyddfrydig, eangfrydig, Llundeinig yr *Observer* a'r *Guardian* ond heb eu gorffen am fod rheidrwydd arni i egluro cymaint o'r cefndir Cymreig. Teimlai ei bod yn sgrifennu am rywun arall ac nid hi ei hun a bod Madog, Marian, Dafydd, Myfanwy a'r Brawd Trefor yn ymdebygu i gymeriadau mewn nofel Eingl-Gymreig ystrydebol.

Ond roedd rhaid iddi fwrw'i bol neu fynd o'i cho. Er na ellid disgwyl ateb oddi wrth Arianrhod, gobeithiai Eirlys y byddai taro'i phroblemau ar bapur yn fodd iddi hi ei hun eu gweld yn gliriach a llunio strategaeth i'w datrys.

Annwyl Arianrhod,

Ble mae dechre? Wrth ddweud ei bod hi'n annhebyg iti dderbyn llythyr fel hwn o'r blaen? Mae llythyre oddi wrth fenywod despret at bobol fel ti yn achwyn, fel arfer, fod gŵr neu gariad wedi'u gadael nhw am fenyw arall, neu fachan arall, neu ei fod e wedi diflasu arni, neu ei bod hi wedi diflasu arno fe, neu bod whant mynd 'da bachan arall neu fenyw arall arno fe neu hi. Rwyt ti'n siŵr o fod wedi cael dege o lythyre fel'ny a gwahanol bermiwtations o'r triongl tragwyddol, ond pa gyngor alli di'i roi i fenyw mae'i gŵr hi wedi cwympo mewn cariad â Duw?

Beth alla i neud? Cael tröedigaeth fy hunan a gweddïo ar Dduw i roi Madog 'nôl i fi neu ei rannu e 'da fi? Gweddïo ar Dduw gwahanol i'w dynnu e o fache'r un – yr Un! – mae e wedi dwlu arno fe? Pam fod Madog wedi ngadael i am Ffantasi? Rhith. Rhywbeth sy ddim yn bod. Sy ddim yn bod i mi, ta p'un. Mae Madog wedi ngadael i, er ein bod ni'n byw dan yr un to, yn cysgu yn yr un gwely ac yn gweithio yn yr un adeilad.

'So ni fyth yn cwerlya. Licen i pe bydden ni ambell waith. Ond mae e mor amyneddgar, mor barod i ymddiheuro, mor blydi sanctaidd! Mae'n annaturiol o serchus drwy'r dydd, bob dydd. 'So i'n gwybod a yw e am fod yn serchus yn y gwely hefyd. 'So i'n rhoi cyfle iddo fe. Os bu turn-off erioed i fenyw, gweld ei gŵr ar ei linie wrth erchwyn y gwely'n gweddïo am hanner awr yw hwnnw! Fel arfer, fydda i'n cysgu erbyn daw e ato i ac yn cymryd arna i mod i os nagw i. Ond mae e wedi dechre sôn am inni gael plant, neu blentyn, o leia, 'da'n gilydd. Buon ni'n dau'n meddwl am hynny pan ddethon ni at ein gilydd gynta a chytuno bod rhaid cael Telesidonia ar ei draed

eto cyn gneud dim byd amboutu e. Pan ddechreuon ni
lwyddo, roedden ni'n dal yn rhy brysur. A phan aeth
pethe'n wael, roedden ni'n rhy dipresd. Chawn ni ddim
plentyn tra bydd Madog yn 'dal i gredu'.

Pam bod hyn wedi digwydd? Yr ateb syml yw bod
credu yn Nuw wedi arbed Madog rhag yfed ei hunan i'r
bedd, glou, a bod y bachan gas e i gredu wedi arbed ein
cwmni ni pan oedd yr hwch yn mynd drwyddo fe. Ond
pam na allen i achub Madog o grafange alcoholiaeth?
Wnes i o'r blaen, pan ath e'n bishys 'rôl i'w wraig gynta 'i
adael e, a'r cwmni'n mynd ar chwâl. Weithion ni fel y
diain nes bod Telesidonia yn un o gwmnïe cynyhyrchu
gore Cymru, y gore a'r mwya safonol a chydwybodol ym
marn llawer. Roedd ein cariad ni at ein gilydd yn ddigon
cry y tro hynny. Pam nad yw e nawr? Pam fethais i?

Er mawr syndod i Eirlys, atebodd Arianrhod ei chwynfan.

Annwyl Eirlys,
Typical fenyw! Beio'i hunan! Beth am y tipyn gŵr 'na sy
'da ti? Mae'n swno'n fachan gwan iawn. Neu falle bod
stress y sefyllfa, pan oedd ei gwmni e mewn perygl, wedi
bod yn ormod iddo fe a'i fod e wedi craco a throi at gysur
cyffur, fel bydd llawer yn ei neud. Y ddiod i ddechre a wedi
'ny Duw. Ond yn wahanol i'r drug-dealer sy'n gwerthu
cocên, heroin, etc, alli di ddim mynd at y polîs. A sdim
modd rhesymu 'da'r dealer mewn crefydd.

Os nad wyt gryf, bydd gyfrwys.
Arianrhod

Annwyl Arianrhod,

Ti'n iawn. Pam dylen i feio'n hunan? Achos bo fi'n fenyw a 'na beth y'n ni'n wneud wastod. Falle bydde'n help i ti, ac i fi, i ddeall beth sy'n mynd mlaen os rhodda i ar bapur beth rwy'n feddwl am Madog a dynion fel fe. Beth rwy'n olygu wrth 'dynion fel fe' yw'r bechgyn o deuluoedd dosbarth canol, parchus, dege ohonyn nhw'n feibion y Mans, sydd mor flaenllaw yn ein busnes ni. Mae llawer, erbyn cyrraedd y canol oed, un ai'n alcoholics (neu wedi marw o alcoholiaeth) neu wedi mynd 'nôl at y grefydd nethon nhw wrthryfela'n ei herbyn yn eu harddegau a'u hugeiniau. Pan briodan nhw a dechre magu teulu bydd hynny'n digwydd ac fel arfer, dyw'r grefydd honno'n ddim ond parchusrwydd canol oed a help i gael y plant i fihafio. Ond mae'r ddos ga's Madog yn gryfach.

Rwy'n beio fy mam-yng-nghyfraith – wrth gwrs! – Myfanwy. Nid rhoi cariad i'w phlant a derbyn eu cariad nhw'n ôl oedd yn bwysig iddi hi ond eu fforso nhw i garu Duw a Iesu Grist ac i ufuddhau i'w gorchmynion Nhw – a hi! – a moesoldeb y capel. Falle bod 'fforso' yn air rhy gry ac mae'n debyg taw cariad mamol o ryw fath gwyrdroëdig oedd e.

Mae Madog wedi bod yn chwilio ar hyd ei oes am y cariad ga's e ddim gan ei fam pan oedd e'n grwt. Stopodd e gredu yn Nuw ac Iesu Grist yn ei arddege cynnar ac addoli Cymru a'r Iaith yn eu lle nhw. Gwrthryfelodd 'run pryd yn erbyn piwritaniaeth ei rieni a chymerodd y dafarn le'r capel yn ei fywyd. 'Y Criw' oedd ei gyd-addolwyr e, seshys mawr a bach oedd eu hoedfaon a phob rownd yn gymun bendigaid. Feddyliodd e a Lea eu bod nhw'n caru'i gilydd ond rwy'n meddwl taw rhyw +

cenedlaetholdeb + alcohol oedd e, a phan bylodd rheini, pallodd y briodas.

Nawr mae Madog yn caru Duw ac Iesu Grist eto, fel pan oedd e'n grwt. A'r Brawd Tudur yw'r Bugail Da hudodd e'n ôl i'r 'gorlan'. Odi e'n cael affêr 'da Tudur? Na, sa i'n credu. Mae'r ddau'n eitha hetero. Ond mae gan Tudur ddylanwad rhyfedd ar Madog ac mae Madog yn ei addoli e. Alla i ddeall pam. Mae Tudur yn fachan carismatig a diffuant yn ei ffordd... wyrdroëdig? Alla i ddim beio fe am beth ddigwyddodd yn y Stiwdio Olygu. Anfones i signals camarweiniol ato fe. Dyna pam nad ochrais i gyda Dafydd. Rwy'n teimlo'n wael iawn ynglŷn â hynny. Nagoedd Tudur am fy nhreisio i ond roedd e'n trial cydio ynddo i. Pam na fyddwn i wedi cyfadde hynny wrth Madog? Cywilydd, yn rhannol, am fod shwt beth wedi digwydd imi a teimlad efallai mod i wedi cynhyrfu Tudur wrth fod yn rhy serchus. Bo fi am i hynny ddigwydd, hyd yn oed. Na, 'sa i'n meddwl hynny. Tosturio wrtho fe oeddwn i. Roedd yn flin gen i drosto fe ac yn gallu deall, oherwydd fy mhrofiad gyda Madog, shwt roedd e wedi mynd yn alci a ma'n bosib taw dim ond credu mewn rhyw fath o Dduw all eu hachub nhw. 'Na lein yr AA, yntefe?

Ofn oedd y teimlad gwaelodol. Ofn i Madog ochri gyda Tudur petawn i'n cefnogi Dafydd, ei fab e 'i hunan, yn y ffrae. Ar ôl yr helynt hwnnw, mae Tudur yn fwy serchus ata i nag erioed. Ydi e'n ddyn drwg? Yn rhagrithiwr? Ynte rhagfarn atheist a gwraig eiddigus yw meddwl hynny?

Mae dylanwad Tudur ar Madog ac ar Teleduwiol a'r staff yn cynyddu bob dydd. Fe yw swyddog HR y cwmni, fe sy'n gyfrifol am recriwtio pobol newydd – Efengýls, fel arfer – ac mae'n cysylltiadau ni gyda Godworks a'r Sianel i gyd yn ei ddwylo fe. Sy'n siwtio Madog i'r dim, achos bod hynny'n ei ryddhau e i ganolbwyntio ar ochr greadigol Saint Cymru, sgriptio, castio ac yn y blaen. Efallai nad oes dim byd rhywiol rhwng Madog a Tudur ond ym mhob ffordd arall, Tudur yw ei bartner e. A 'bach iawn o ryw sy rhynto fe a fi!

Sut mae rhesymu gyda pobol sy'n dirmygu rheswm?
Eirlys

Annwyl Eirlys,
Wyt ti'n meddwl gadael Madog?
Ateb yn blwmp ac yn blaen, os gweli di'n dda.
Arianrhod

Annwyl Arianrhod,
Nagw. Yn ben-dant. Rwy'n ei garu e a sa i'n moyn ei golli e. Os gwahanwn ni, fe fydd wedi ngadel i. Rwy am ei gael e 'nôl, nid yn unig i fi, ond iddo fe 'i hunan a'i blant, Dafydd a Marian, a'n ffrindie ni. Rwy am arbed y pethe da sydd ynddo fe, ac sy'n cael eu huddo gan y grefydd eithafol sydd wedi'i feddiannu e. Doniolwch Madog, ei ddeallusrwydd a'i ddiwylliant e. Gadawais i'r ysgol yn un ar bymtheg a byw 'da Madog oedd fy addysg brifysgol a'n hyfforddiant proffesiynol i.Trwyddo fe des i i ddarllen a mwynhau llenyddiaeth Cymru, Lloegr, USA a gwledydd eraill. (Fydden i ddim wedi clywed amdanot ti, Arianrhod, 'blaw am Madog!) A ffilmie, wrth gwrs, a chelf

a miwsig. Mae arno i ddyled enfawr i Madog ac rwy am ei thalu trwy ei gael e i werthfawrogi'r pethe hynny unwaith 'to. Sut wna i hynny? Pe byddai hi ddim ond yn gystadleuaeth rhyngddo i a Duw, rwy'n meddwl bydde siawns 'da fi. Ond mae 'da Fe weision clefer a phenderfynol iawn ar y ddaear i wneud ei waith E – y Brawd Tudur ap Trefor a mynachod Fotheringay Abbey, lle mae'r ddau'n dianc bob penwythnos, a Mrs Myfanwy Morgan.

Rwyf newydd gael galwad ffôn ganddi. Mae hi am imi fynd 'co am 'de bach – dim ond ni'n dwy, Eirlys', brynhawn Sadwrn nesa. Beth mae hi'n moyn? Trial nghael i atyn nhw i'r 'gorlan', synnen i ddim. Fat chance!

'So hi Myfanwy erioed wedi'n lico i. Yn gynta, am nad Lea oeddwn i. Ac yn ail am mod i wedi ngeni a'n magu mewn tŷ cownsil a nagoedd fy nheulu'n ddigon parchus. Gethon ni briodas lyfli, y gwasanaeth yn yr Ardd Fotaneg Genedlaethol, a'r wledd yn y White Hart, Llandeilo, ond oedd rhaid iddi hi gonan wrth bawb oedd hi'n folon iselhau'i hunan i siarad â nhw gyment neisach fydde priodas mewn capel 'petai hynny ddim ond o barch at dad Madog'. "So ni'n gapelwyr, Myfanwy,' mynte Dad wrthi a pheint yn ei law. 'Ma gynnoch chi enw Beiblaidd, o leia, Joseph,' mynte hi. 'Dim o gwbwl, cariad,' mynte fe. 'O'dd nhad i'n Gomiwnist rhonc ac ar ôl Joseph Stalin ces i'n enwi!'

Nath y ffeit rhwng cwpwl o nghefndryd i ddim lles i ddelwedd teulu ni yng ngolwg Myfanwy a theulu Madog! Serch hynny, mae Myfanwy a fi wedi dod ymlaen yn weddol am y rhan fwyaf o'r amser mae Madog a fi wedi bod yn briod. Mae hi'n meddwl y byd o'i mab, fel rwyf i,

ac mae hi'n ddynes ddiddorol iawn pan nad yw hangyps
y capel yn ei chrebachu hi. Roedd fy mam-yng-nghyfraith
a fi'n 'pally' iawn nes i Madog gael troëdigaeth ac i'r
Brawd Tudur ddod i reoli'n bywyde ni.

Beth mae hi'n moyn? Gaf i weld brynhawn Sadwrn.

Tan y tro nesa,

Eirlys

7

Rhodfa lydan, braf ar gwr gogledd-ddwyreiniol y Dre yw Bryn Gwyn. O edrych tua'r dwyrain, gwelir, ar y dde, res hir o dai semi, gwynion, ac ar y chwith, res o fynglos llwyd, rhai wedi'u gefeillio ac eraill ar eu pennau eu hunain. Stopiodd Eirlys Morgan ei sportscar Mazda arian, dau litr, o flaen bynglo ar ei ben ei hun a'r rhif 26 o bres gloyw ar ei ddrws ffrynt gwyrdd tywyll. Disgynnodd o'r car a chylchu ei foned i estyn tusw mawr o flodau a bag ysgwydd oddi ar y sedd gymdeithiol ac erbyn iddi gamu drwy'r glwyd fechan o haearn bwrw a throedio'r llwybr byr at y drws roedd hwnnw wedi ei agor a'i mam-yng-nghyfraith, a fu'n disgwyl amdani yn ffenest 'y parlwr ffrynt' ers chwarter awr, yn ei chroesawu'n wresog.

'Dyma chi! Dowch i mewn, Eirlys! Dowch i mewn! Be 'di'r rhein?'

'Blode, Myfanwy! Gobeitho bo chi'n lico nhw?'

'Wrth gwrs mod i, mechan i! Ma nhw'n fendigedig! Doedd ddim raid ichi wir! Cerwch chi drwadd i'r parlwr cefn tra bydda i'n eu rhoid nhw mewn dŵr. Yn y tŷ gwydr y cawn ni'n te parti.'

Aeth Myfanwy i'r gegin ac Eirlys yn ei blaen i brif stafell fyw'r bynglo ac yna drwy'r adwy a'i cysylltai â chonserfatori a atodwyd i gefn y tŷ. Yno huliwyd bwrdd bychan ar gyfer y ddwy fel y gallent eistedd wrth ymyl ei gilydd a mwynhau'r olygfa – lawnt fechan, dwt a border o friallu amryliw a llwybr teils coch o'i amgylch, gwrych cymen o bren bocs, stribyn o'r Fenai a chaeau yn sir Fôn.

Dychwelodd Eirlys i'r 'parlwr cefn' a gadael i'w llygaid grwydro o amgylch y stafell a oedd wedi ei dodrefnu a'i phapuro yn chwaethus o fodern; yr unig gelficyn o sylwedd a ddaethai gyda'r Parch. Seimon Morgan a'i wraig o Dŷ Gweinidog Caersidon oedd y biano loywddu, ei cheg ar agor, ei hallweddau gwyn yn gwenu a chopi o *Emynau a Thonau y Methodistiaid Calfinaidd a Wesleaidd* ar ei darllenfa.

Gwasanaethai'r offeryn fel allor deuluol. Ar ei gaead uchaf gosodwyd ffotograffau mawr a mân, mewn fframiau arian, o aelodau'r tylwyth ar achlysur priodas neu lwyddiant academaidd ynghyd â rhai eraill, llai ffurfiol. Gwenodd Eirlys wrth sylwi fod y llun bychan ohoni hi a Madog yn cofrestru eu huniad yn yr Ardd Fotaneg Genedlaethol wedi ei symud i safle amlycach oddi ar ei hymweliad diwethaf.

Hongiai paentiad olew o'r Parch. Seimon Morgan uwchben y piano, un o nifer o roddion a gyflwynodd ei braidd i'w bugail ar ei ymddeoliad. Er mai bysedd selsigaidd a gydiai ym mreichiau'r gadair eisteddfodol roedd yr artist – athro celf a blaenor – wedi llwyddo i gofnodi pryd a gwedd iberaidd y gwrthrych a'r direidi a lechai'n wastadol yng nghiliau ei lygaid a'i wefusau.

'Sbio ar lun Seimon ydach chi?' ebe Myfanwy Morgan a ddaethai i mewn i'r stafell gyda'r tusw o diwlipau, cennin Pedr, rhedyn a blodau tramorol mewn fâs grisial. 'Un da ydi o 'de? Wn i ddim ydi hyn yn syniad pabaidd ond mi fydda i'n lecio meddwl ei fod o'n 'y ngwatshad i'n trin yr hen berdoneg, fel bydda fo erstalwm. Mi ro i'r rhein ar sil ffenast y tŷ gwydr, inni ga'l eu gweld nhw wrth fyta. Dowch at y bwr. Mae o i gyd yn barod gin i, er nad ydi o fawr o ddim. Chydig o fechdana a theisan neu ddwy.'

'Gadewch imi'ch helpu chi, Myfanwy.'

'Na, na! newch chi ddim ffasiwn beth, Eirlys! Chi ydi'r gest. Steddwch. Mi ddo' i â fo drwadd mewn chwinciad.'

Ac mewn byr o dro roedd Myfanwy Morgan wedi arlwyo'r ford gerbron ei gwestai â phlateidiau o frechdanau ciwcymbr, tomato, samon, ham a chaws, a phob tafell wen, denau mor gywrain â hances les; teisen felen, hufennog; teisen afalau; jwgaid fechan o hufen; a thebot mawr a'r geiriau 'Capel Caersidon (MC)' ar ei fol a dau gwpan, dwy soser a jwg lefrith o'r un tylwyth.

'"Te bach" y'ch chi'n galw hyn?' ebychodd Eirlys.

'Ia'n Tad,' oedd ateb calonnog Myfanwy Morgan. 'Bwriwch iddi, Eirlys.'

Ar anogaeth Myfanwy, rhoddodd Eirlys sampl o bob brechdan ar ei phlât ac meddai, 'Alla i ddim meddwl am ffordd hyfrytach o dreulio pryn'awn Sadwrn braf o wanwyn, Myfanwy.'

'Dwi wedi bod yn meddwl gneud hyn erstalwm, Eirlys,' atebodd Myfanwy gan helpu ei hun i'r brechdanau. 'Pryd fuoch chi yma ddwytha, 'dwch?'

'Pythewnos yn ôl,' meddai Eirlys a thinc bryderus yn ei llais. 'Des i am swper gyda Madog a'r Brawd Tudur. Chi'n cofio?'

'Dim ond ni'n dwy dwi'n feddwl, hogan,' ebe Myfanwy dan chwerthin. 'Wn i mod i wedi mynd yn hen ac yn hyll ond ma ngho i'n dal yn weddol. Am wn i! Dim ond chi a fi, o'n i'n feddwl, i ga'l hart-tw-hart, fel bydd pobol y Dre'n ddeud, heb fod 'na hen ddynion i wrando arnan ni.'

'Wnes i ddim sylweddoli y'ch bod chi shwt ffeminist, Myfanwy,' ebe Eirlys dan wenu.

'Dwi'n fwy na ffeminist, Eirlys. Dwi'n *female supremacist*, ylwch. Rydw i'n meddwl 'yn bod ni ferchaid yn glyfrach, yn gallach, yn fwy diwylliedig ac yn well am drefnu petha na dynion. Y gwahaniath rhwng 'ych cenhedlaeth chi a nghenhedlaeth i ydi'n bod ni'n meddwl ei bod hi'n haws i ddynas ga'l ei ffor ei hun os gadith hi i ddynion feddwl na fel arall ma hi!'

'Falle'ch bod chi'n iawn, Myfanwy,' ebe Eirlys yn ddiplomataidd a chymryd llymed o de.

Wedi ysbaid o fwyta, sipian a gwerthfawrogi'r olygfa, meddai Myfanwy Morgan, yn fwy difrifol: 'Rydw i wedi mynd i deimlo'n henaint yn ddiweddar, Eirlys.'

'Ry'ch chi'n dishgwl yn rhyfeddol o dda, os ca' i weud,' atebodd y llall ar unwaith.

'Rydw i wedi ca'l iechyd reit dda gydol 'yn oes,' ebe Myfanwy, 'a biti na fasa Seimon druan wedi bod mor lwcus, ond wŷr rhywun ddim faint pery hynny wedi iddo fo gyrradd oed yr addewid, a ffolineb ydi iddo fo neud gormod o blania. "O ynfyd, y nos hon y gofynnant dy enaid oddi wrthyt; ac eiddo pwy fydd y pethau a baratoaist?" Byw "un dydd ar y tro", chwadal Trebor Edwards. Dyna fydda i'n neud ac yn diolch am bob bendith ga' i. A thrio setlo pob hen gownt. Diolch i bobol sy wedi bod yn garedig ac yn gymwynasgar wrtha i, madda i'r rhei rydw i'n meddwl eu bod nhw wedi gneud tro gwael â fi, ac ymddiheuro i'r rhei alla feddwl mod i wedi gneud tro gwael â nhw, yn fwriadol neu'n anfwriadol. Ma gin i le mawr i ddiolch i chi, Eirlys.'

'Oes e? Am beth,' chwarddodd Eirlys, braidd yn chwithig.

'Am bob dim rydach chi wedi'i neud dros Madog a'i blant. Wn i ddim be fydda wedi digwydd i'r tri ohonyn nhw tasach chi heb ddŵad i edrach ar eu hola nhw. A ma raid imi ymddiheuro wrthach chi hefyd, Eirlys. Tydw i ddim wedi bod yn fam-yng-nghyfrath dda iawn, nagdw?'

'Ry'ch chi wedi bod yn un ardderchog, o'ch cymharu ag ambell un gwn i amdani,' ebe Eirlys. 'Dylech chi glywed beth s'da cwpwl o'n ffrindie i i' ddweud am fame'i gwŷr nhw! Ry'n ni wedi cael ein *ups and downs*, ys gwedon nhw, a mwy o *downs* nag *ups*, falle, pan ddaeth Madog a fi at ein gilydd gynta, ond ry'ch chi a fi'n dod mlaen yn o lew ers sbel, 'so chi'n meddwl?'

'Ydan, ma'n debyg, ngenath i, a diolch yn fawr ichi am ddeud hynny. Rydw i'n siŵr 'ych bod chi'n dallt pam bûm i mor annifyr ar y dechra. Roeddwn i mor siomedig pan wahanodd Madog a Lea ac ysgaru wedyn. Hon oedd y briodas berffaith, y briodas ddelfrydol ym meddwl Seimon a fi: Cymraes dda, gradd dosbarth cynta yn y Gymraeg, ei thad hi'n ddirprwy brifathro mewn ysgol gyfun Gymraeg yn sir Fflint, ei mam hi'n *sister* yn Ysbyty Glan Clwyd a'r ddau'n gapelwyr selog. A Dafydd a Marian yn Gymry bach cystal â'u rhieni, gwahanol iawn i blant Dewi ac Yvonne yn Awstralia a rhei Heledd a John yng Nghaerdydd, sy'n siarad Saesnag hefo'i gilydd ac efo'u plant er bod y ddau'n ennill cyfloga sylweddol iawn yn y cyfrynga Cymraeg. Ro'n ni fel taswn i'n 'ych beio chi am fod y briodas wedi dŵad i ben, er bod hynny'n hollol afresymol, ac wrth gwrs, mi oedd y ffaith 'ych bod chi'n "byw tali" yn dân ar 'y nghroen i. Cul – o bosib. Rhagfarnllyd – siŵr iawn. Ond mi ddes i sylweddoli, o dipyn i beth, 'ych bod chi'n dipyn gwell dynas na Lea.'

Syllodd y ddwy ar ei gilydd am hir cyn i Eirlys ddweud: 'Sa i'n gwybod beth i' ddweud, Myfanwy. Dim ond bo fi'n falch bod ni'n ffrindie nawr.'

'Finna hefyd, ngenath i,' ebe Myfanwy Morgan yn frwd. 'Finna hefyd. Dwi'n styriad fy hun yn ddynas ffodus iawn. Wedi ca'l byw'n ddigon hir i weld nghyw melyn ola i yn hapus yn ei briodas, ei fusnas o'n llwyddo, ac wedi dŵad at ei goed yn grefyddol, diolch i ymyrraeth ragluniaethol y Brawd Tudur. Wyddoch chi be fydda'r un peth fydda 'i angan imi fedru deud "fy ffiol sydd lawn" – ar wahân i weld Dafydd a Marian yn cymodi hefo'u tad, a mi 'nân, toc, dwi'n siŵr – na, wel, peidiwch â gwylltio, Eirlys, a galwch fi'n hen fam-yng-nghyfraith fusneslyd, os leciwch chi, ond mi faswn i wrth fy modd taswn i'n cael bod yn nain eto.'

Syfrdanwyd Eirlys. 'Hynny yw,' meddai yn y man gan grychu ei thalcen, 'licech chi fod yn fam-gu i mhlentyn i a Madog?'

'Wela' i mod i wedi'ch digio chi, Eirlys,' ebe Myfanwy'n ffwdrus. 'Anghofiwch mod i wedi deud ffasiwn beth. Does gin i ddim hawl. Hen ddynas wirion ydw i.'

'Wrth gwrs bod 'da chi hawl. 'So i'n grac o gwbwl. Cais annisgwl, rhaid cyfadde, ond ma'n reddf naturiol...'

'Mi fuoch chi a Madog yn sôn am gael plant pan briodoch chi?'

'Do. Rwy'n gwybod. Ond roedden ni mor fishi, 'radeg hynny, yn adeiladu ac yn datblygu'r cwmni ac yn llwyddo. Wedyn daeth probleme'n deillio o bolisi'r Sianel o ffafrio dyrned o gwmnïe mawr, a gorffod inni fod wrthi nos a dydd yn trial arbed Telesidonia rhag mynd dan y don. Effeithiodd hynny ar iechyd Madog, a'i feddwl e... a... wel, sdim angen i fi'ch atgoffa chi...'

Tawodd Eirlys wrth gofio am y brwydrau a ymladdodd Madog a hithau, yr argyfyngau a oresgynnwyd a'r difodiant y llwyddwyd i'w osgoi o drwch blewyn.

'Ond mi ddeuthoch drwyddi?' meddai Myfanwy. 'Diolch i'ch dygnwch chi, meddyginiaeth Fotheringay Abbey, a gweledigaeth y Brawd Tudur. Ma'r dyfodol yn edrach yn ola iawn ar hyn o bryd. Ond nid fy lle i ydi busnesu. Wn i gystal ag unrhyw ddynas gymaint o gontract ydi bod yn fam. Faint ydi'ch oed chi rŵan, Eirlys?'

'Tri deg pump.'

'Pymthag ar hugian. Hmm. Tydi ddim yn rhy hwyr.'

'Rwy'n ymwybodol bod nghloc biolegol i'n tician.'

'Rydach chi yn dal i feddwl am y peth felly?'

'Ambell waith.'

'Wn i bod 'ych gwaith yn rhoi boddhad mawr ichi, Eirlys, ond mi gaech foddhad mwy fyth o fod yn fam, a chitha wedi profi'ch bod chi'n ddynas mor famol, os ca' i ddeud hynny, yn 'ych gofal am 'ych gŵr a'i blant. Ma'ch priodas chi'n un ddedwydd iawn ond, ac ella gwylltiwch chi pan ddeuda' i hyn, fydd hi ddim yn gyflawn nes cewch chi blant. A siarad o mhrofiad i rŵan. Wn i fod Madog yn meddwl hynny hefyd. Dyna be ddeudodd o pan godis i'r pwnc hefo fo.'

'Ma fe wedi dweud rhywbeth tebyg wrtho inne, Myfanwy. Ond, a falle gwylltiwch chi nawr, rwy'n meddwl bod bywyd crefyddol fy ngŵr yn bwysicach iddo fe na'i ddyletswydde teuluol, ar hyn o bryd. Ma'n flin 'da fi orfod dweud hyn wrthoch chi, Myfanwy, ond mae crefydd Madog a dylanwad y Brawd Tudur arno fe yn dod rhyngthon ni. Yn bygwth ein priodas.'

'Peidiwch â deud hynny, Eirlys. Ma Tudur yn meddwl y byd ohonoch chi.'

''Na beth ma'n ddweud wrtho i.'

'Mae o, mae o! Coeliwch o, Eirlys. Fasa Tudur ddim yn deud hynny 'blaw ei fod o o ddifri. Toes 'na ddim byd pwysicach iddo fo na'ch bod chi a Madog yn hapus efo'ch gilydd a mae o wedi deud wrth Madog ma'r ffor ora o neud yn siŵr o hynny ydi ichi fagu teulu hefo'ch gilydd. Ma'r teulu'n bwysig iawn i Tudur a hawlia merchaid hefyd. Hawl bwysica a mwya cysegredig dynas, medda fo, ydi'r hawl i fod yn fam. Mi glywis Tudur yn deud yn blwmp ac yn blaen wrth Madog ei fod o'n esgeuluso'i ddyletswydd atach chi, ei wraig briod o, wrth wadu'r hawl hwnnw ichi.'

'Whare teg iddo fe,' ebe Eirlys a holi mewn ffordd ffwrdd-â-hi: 'Syniad Tudur yw bod Madog a fi'n cael plant?'

'Wn i ddim am hynny, ond mi fydd Madog yn troi at Tudur am gyngor os bydd gynno fo broblam. Fel bydda pobol Caersidon yn dŵad at Seimon.'

'Dyna swyddogaeth "caplan", yntefe?' cydsyniodd Eirlys.

'Yn hollol. Ma gin Tudur feddwl mawr ohonoch chi, Eirlys. Meddwl mawr iawn hefyd. Mi fasa'n dda gynno fo, a gin inna, o ran hynny, tasach chi'n credu fel rydan ni, ond ma Tudur yn deud wrthan ni am beidio â phoeni. Ma gynnoch chi be mae o'n ei alw'n *anima naturaliter Christiana* – enaid sy'n Gristnogol wrth reddf ydi ystyr hynny, dwi'n meddwl. Mi glywis i Tudur, fwy nag unwaith, yn 'ych canmol chi i'r cymyla ac yn atgoffa Madog mor lwcus ydi o i ga'l gwraig cyn ddelad a chyn gallad â chi. "Oni bai imi addunedu diweirdeb, Madog," medda fo unwaith, "mi fyddwn i wedi'i dwyn hi odd'arnat ti!"'

''Na gompliment, Myfanwy,' meddai Eirlys a gwên ar ei gwefusau ond nid yn ei llygaid. 'Sylweddoles i ddim bod e Tudur shwt ffan ohono i.'

'Mae o, Eirlys. Mae o mor ddiolchgar am ichi'i gefnogi o pan ddeudodd yr hogyn Dafydd 'na'r petha ofnadwy amdano fo. Mi fasa wrth ei fodd tasach chi a fo'n fwy o ffrindia er 'ych bod chi'n anghytuno ar lawar o betha.'

'Ma hi'n bryd i fi a'r Brawd Tudur gael "hart-tw-hart", ys gwedoch chi. 'So chi'n meddwl hynny?'

'O ydw. Mi fasa wrth ei fodd!'

'Gŵd. Ofynna i iddo fe ddod am *chat* rhywbryd 'rwthnos nesa. Na. Sdim lle 'da fi i frechdan arall, diolch yn fawr ichi, Myfanwy. Ond fe gymera i bishyn bach, bach o'r darten fale hyfryd 'co a diferyn o hufen.'

8

Y nos Sadwrn olaf o bob mis, âi Madog Morgan a'r Brawd Tudur i'r Wyddgrug, i gynorthwyo rhai o Gristnogion mwyaf pybyr y dref honno i weini brechdanau a phaneidiau poeth i'r digartref a'r diymgeledd. Dyna pam, pan ddychwelodd Eirlys o dŷ ei mam-yng-nghyfraith, y safai Madog ar ganol cyntedd Arvonia yn ei ddillad garddio – siaced ledr ddu, dreuliedig, ugain mlwydd oed, crys-T gwrth-apartheid, siwmper goch, jîns di-raen a dapiau a fu ganddo ers dyddiau coleg. Yn ei law roedd holdol llwyd yn cynnwys dillad nos, gêr ymolchi a blwch plastig ac ynddo dabledi at reoli pwysedd gwaed, colesterol a chamdreuliad.

'O! Ti sy 'na?' ebe Madog.

'Ie. Dim ond fi,' oedd ateb swta Eirlys wrth gerdded heibio iddo ac i mewn i'r stafell fyw. 'Ma'n flin 'da fi dy siomi di, a tithe'n disgwl dy *boy-friend*.'

Diosgodd Eirlys y bag lledr a hongiai oddi ar ei hysgwydd a'i ollwng ar y soffa cyn eistedd arni a thynnu ei hesgidiau. Cydiodd yn y copi o gylchgrawn y *Western Mail* a orweddai ar fraich y soffa a throi i'r tudalennau a restrai raglenni teledu'r noswaith honno. Eisteddodd Madog wrth ei hymyl a holi'n betrus:

'Sut oedd yr Hen Gwîn?'

'Iawn. Cofio atat ti,' ebe Eirlys heb godi ei phen o'r papur.

Wedi saib hir, mentrodd Madog eto: 'Neuthoch chi ddim ffraeo?'

Trodd Eirlys i'w wynebu ac meddai'n siarp: 'Naddo. Pam ti'n gofyn?'

'Dy weld di braidd yn ddifynadd.'

'Ma 'ny am bod ti'n dal 'ma. Rown i'n meddwl y byddet ti a'r Brawd ar yr A55 erbyn hyn.'

'Ma Tudur wedi mynd i Sbyty Gwynedd hefo Wil Traed Alarch syrthiodd odd'ar ei fync yn y Noddfa a thorri'i goes.'

'Pam na fydde fe wedi iacháu'r boi drwy ffydd ac arbed petrol?' holodd Eirlys yn sarrug a chraffu ar y cylchgrawn.

'Mi wt ti'n medru bod yn gas iawn weithia, Eirlys,' edliwiodd Madog yn drist.

Tosturiodd Eirlys wrtho. 'Odw,' meddai gan gofleidio'i gŵr a tharo cusan ar ei wefusau. 'Sorri.'

Tywynnodd Madog a thalu'r pwyth yn wresog.

'Rwy'n falch bod ti 'ma,' ebe Eirlys a mwytho'i wegil. 'Achos rwy am ofyn ffafr gen ti.'

'Rwbath.'

'Gaf i unrhyw beth rwy'n moyn?'

'O fewn rheswm.'

'Ma hyn o fewn rheswm.'

'Deud 'ta.'

'Paid â mynd i'r Wyddgrug heno. Aros 'ma 'da fi.'

'Ti'n gwybod na fedra i ddim gneud hynny, cariad,' ymddiheurodd Madog.

'Wrth gwrs galli di,' ebe Eirlys gan roi ei dwylo dan ei grys-T gwrth-apartheid a phlannu ei hewinedd yng nghnawd ei gefn a chusanu ei wyneb.

'Na... fedra i ddim...' chwarddodd Madog gan amddiffyn ei hun trwy wasgu ei freichiau'n dynn amdani. 'Dwi wedi gaddo... i Tudur... ac i bobol Wyddgrug...'

'Ol-reit,' ebe Eirlys yn bwdlyd a rhoi'r gorau i'r chwarae. 'Ma'u plesio nhw yn bwysicach na phlesio dy wraig!'

'Nid hynny ydi o. Jest mod i wedi gaddo.'

'Ac fe bechi di'n anfaddeuol os dwedi di, "Esgusoda fi, Tudur, esgusodwch fi, bois, ond 'so i a ngwraig wedi gweld lot ar 'yn gilydd yn ddiweddar. Ry'n ni'n dou'n gweithio fel lladd nadredd drwy'r dydd, bob dydd, a weithie tan yn hwyr y nos, a pan nag'yn ni, bydda i'n ymgeleddu'r tlodion neu mewn cwrdd crefyddol a ma'r un peth yn wir am y penwythnose pan nagwy'n 'encilio' i Fotheringay Abbey. Felly heno, am y nos Sadwrn gynta ers ache, licen i fod gatre 'da Eirlys, achos rwy'n dal i' lico hi, tamed bach..."'

'Dwi'n dy garu di, Eirlys. Sut fedri di ama hynny?'

'Am bo fi'n gweld cyn lleied arnot ti'r dyddie hyn, a bod ni'n siarad 'da'n gilydd llai fyth.'

'Bob dydd.'

'Ma siarad a siarad, Madog. Siarad am bethach pwysig rwy'n feddwl. Fel cael plant. Mae hynny'n rhywbeth dylen ni siarad amdano fe. Os dalltes i dy fam, rwyt ti a Tudur wedi bod yn trafod y pwnc dipyn go lew. Nid ti a fe'n cael plentyn, rwy'n feddwl, er byddech chi'ch dau'n lico hynny, tase hi'n bosib. Ti am i ni gael plant am bod Tudur yn dweud dylen ni – nid achos bod ti'n moyn. Mae hynny'n afiach, Madog. Fel tase fe'r Brawd yn y bedrwm yn drychyd arnon ni, neu yn y gwely 'da ni.'

'Rydw i'n teimlo'n uff... yn giami ynglŷn â gorfod d'adal di heno eto.'

'Gad dy gelwydd!'

'Wir-yr!'

'Cris-croes, tân poeth, Torri mhen a thorri nghoes,' ebe hi'n goeglyd. 'So ti'n gorffod mynd.'

'Ydw. Fedra i ddim torri'n addewid. Clyw. Dwi'n cyfadda mod i wedi d'esgeuluso di, rhwng pob dim, a dwi'n gaddo newidith petha o hyn ymlaen. Ynglŷn â heno, dwi'n barod i gyfaddawdu.'

'Ti am sefyll 'ma 'da fi?'

'Be am i chdi ddŵad hefo ni i'r Wyddgrug? Ma nhw'n holi amdanat ti bob tro a mi gei ditha le i aros.'

'No wê, Ho-sê!' gogleddodd Eirlys. ''Na'r ffordd waela bosib o dreulio nos Sadwrn a bore Sul alla i feddwl amdani. 'Da criw o Gymry Cymraeg dosbarth canol yn lleddfu'u heuogrwydd am fod eu bywyde bach nhw mor gysurus trwy roi cardod i'r difreintiedig a chael rheini i ymgreinio o'u blaene nhw, mor ddiolchgar, mor werthfawrogol. Ych a fi! Dysges i 'na 'da Da-cu. "Ma cardod yn magu craith," mynte fe. O'dd e'n dirmygu pobol fel ti, Mad. Ac am y Brawd Tudur, lice fe neud iddo fe beth nath ei ffrindie fe i baraséits fel hwnnw yn Rhyfel Sbaen.'

'Beth bynnag arall ddeudi di am Tudur, dydi o ddim yn "baraséit", Eirlys,' ebe Madog, heb godi ei lais yr un ddesibel. 'Tydi o'n elwa dim ar ei waith yn Fotheringay nac yma ond ma'na lawar iawn o bobol erill yn manteisio ar ei ymroddiad a'i ddygnwch o. Cofia y basan ni i gyd ar y clwt 'blaw am Tudur.'

'Bydden ni'n ca'l 'yn cyflogi gan gwmnïe eraill, ma'n debyg, ac rwy'n dechre meddwl bydde hynny'n well. Odyn, ry'n ni'n gweithio, diolch iddo fe, ond ar ei delere fe. Rown i am gynhyrchu a chyfarwyddo'r bennod am Ann Griffiths, ond rhoddodd y Brawd Mawr honno i ryw efengýl ddi-Gymraeg, a ges i Howell Harris – unben, ffanatig, *sex-maniac*, pyrfyrt!'

Clywsant gorn Mitsubishi Shogun Turbo Teleduwiol yn hwtian o rodfa'r plasty.

'Gweld yr hogan 'ma, sy'n dipyn o gyfrinydd ei hun, yn gyfarwyddwraig fwy addas at bortreadu'r fendigaid Ann oedd o.'

'A ma mochyn siofinistaidd yn siwto fi?'

'Dyn ei oes oedd Harris, fel pob un ohonan ni.'

Clywsant ddau hwtiad cwta, diamynedd.

'Tudur,' ebe Madog.

'Ie. Cer!'

'Tasat ti'n dŵad hefo ni, mi welat nad ydan ni cynddrwg,' meddai Madog a chodi ar ei draed. 'Mi gaet gyfla i ddeud wrth Tudur be wt ti'n feddwl o Howell Harris. Dwi'n siŵr basa hi'n drafodaeth fuddiol ichi'ch dau.'

Cododd Eirlys hithau a bloeddio i wyneb ei gŵr: 'Gad dy seiens a cer, cer, cer!'

'Sorri,' ymddiheurodd Madog yn llywaeth a phrysuro o'r stafell.

Eisteddodd Eirlys ar y soffa eto ac aros yno'n llonydd iawn nes i sŵn y cerbyd fynd o'i chlyw, yna cododd ac aeth i lawr i'r seler win – cysegr sancteiddiolaf Madog cyn ei dröedigaeth – a dewis potelaid o Rioja diweddar oddi ar un o'r raciau. Dychwelodd i'r gegin i agor y botel ac arllwys peth o'i chynnwys i wydryn. Syllodd ar y gwin coch am ysbaid hir cyn ei arllwys yn ôl i'r botel a rhoi corcyn ar honno.

Yna aeth i fyny'r grisiau i'w stydi ac eistedd wrth ei desg ger y ffenest fawr a'i golygfa ysblennydd o'r lawnt helaeth, y Fenai a Môn.

Cymerodd Eirlys ddalennau A4 plaen o'r ddesg, cydiodd yn ei beiro Parker a dechrau ysgrifennu:

Annwyl Arianrhod,

Beth ydw i'n mynd i'w wneud? Gadael Madog? Na! Byth! Falle gadewith e fi ond adawa i mono fe. Parhau â'n 'ménage à trois' a chonan bob dydd bod e'n rhoi mwy o sylw i'r Brawd Tudur nag i fi? Cael ei blentyn e a bodloni ar fod yn fam ac yn wraig yn lle bod yn gymar ac yn bartner busnes?

Byddai'n haws delio â'r sefyllfa – falle! – neu ei deall hi, ta p'un, petai'r gystadleuaeth â menyw arall ond rwy'n gorfod cystadlu am fy ngŵr â thri gwryw: y Brawd Tudur, Duw a Iesu Grist. Ffantasïau wedi'u plannu ynddo fe gan ei rieni pan oedd Madog yn grwt yw'r ddau ola' ac rwy'n meddwl y gallwn i gyd-fyw â Nhw, ond beth am Tudur? Ai yffach o ddyn drwg yw e, yn iwso'i grefydd a'i garisma i fanipiwletio pobol eraill i wneud beth mae e'n moyn? Ynte bachan diffuant sy'n bwlian pobol er eu lles eu hunain, fel mae e'n ei gweld hi, jest bod fi'n gweld y byd yn wahanol iawn iddo fe? Mae'n f'atgoffa i o beth rwy wedi'i ddarllen am Howell Harris, ond bod Tudur ddim yn flagard fel hwnnw. Mae e mor sanctaidd, mor blydi llawen a hyfryd bob amser. Hynny sy'n fy hala i'n benwan. Ac mae ei ymyrraeth e'n fy mywyd personol i a Madog yn annioddefol ac yn anfaddeuol.

Mae'n rhaid dod â'r sefyllfa hon i ben ond sut mae gwneud hynny fel bydda i ddim yn difaru?

Yn desperet,

Eirlys

Annwyl Eirlys,

Rwy'n siŵr y byddai Tudur yn fodlon rhannu dy ŵr gyda ti ond ar ei delerau e 'i hunan; fe fyddai'r 'majority share-holder' yn enaid Madog. Dyw hynny ddim yn opsiwn gelli di'i gymryd a chadw dy hunan-barch.

Rwyt ti'n mynd i orfod ymladd â'r Brawd Tudur am enaid dy ŵr. Hynny yw, os wyt ti'n meddwl fod Madog Morgan yn werth ymladd drosto, ac mae'n debyg dy fod ti. Gwna'n siŵr bod y frwydr yn digwydd ar dir ac ar adeg sy'n rhoi'r fantais i ti. Mae dy brofiad di gyda'r Brawd Tudur yn y stiwdio olygu wedi dangos iti beth yw ei fan gwan e. Fan'no rhaid iti daro. Gwna hynny'n ddidostur, yn ddidrugaredd. Mynna'r fuddugoliaeth.

I'r gad!

Arianrhod

9

Pan ddychwelodd Madog Morgan o'r Wyddgrug, ni chafodd Eirlys ormod o waith i'w berswadio i 'sefyll yn tŷ 'da dy wraig, am *change*, nos Sadwrn nesa'. Gwelai Madog ei haddewid o 'nos Sadwrn fach draddodiadol 'da'n gilydd – *steak au poivre*, salad, *frites* a ffilm dda', fel arwydd o faddeuant.

''So ni wedi gneud 'na ers sbel fach, y'n ni?' meddai Eirlys

'Naddo,' cydsyniodd Madog gan ychwanegu a thinc hiraethus yn ei lais, 'ond fedar hi ddim bod yn un hollol draddodiadol. Dim Châteauneuf-du-Pape. Dim i mi, o leia. Cym di.'

'Na finne, Mad,' meddai Eirlys a'i breichiau am ei wddf. 'Peth i'w fwynhau 'da rhywun sbeshal, neu ffrindie, yw gwin. Gewn ni fwy o sbri lan lofft wedi'ny, gan byddwn ni'n dou'n sobor.'

Yn ystod yr wythnos ganlynol, lluniodd Madog ac Eirlys restr hir o ddeg o blith eu casgliad helaeth ac amrywiaethol o DVDs cyn ei chwtogi yn rhestr fer o dair:

The Dead, ffilm olaf y cyfarwyddwr John Huston a chyfaddasiad o stori fer James Joyce. 'Y ffilm berffeth,' yn ôl Eirlys, 'sy'n profi taw camgymeriad, fel arfer, yw trial rhoi nofel ar y sgrin, nofel dda, ta p'un, tra bod stori fer yn ffito i'r dim.'

In the Heat of the Night (Norman Jewison). 'Un o binacla'r sinema Americanaidd i mi,' tyngai Madog, 'ydi'r olygfa pan ma'r "Southern gentleman" aristocrataidd hwnnw'n rhoid peltan i gymeriad Sidney Poitier ac yn ca'l un yn ôl ar draws ei wynab. A'r plisman gwyn, Rod Steiger – gwych, fel arfar – yn gwrthod ymyrryd.'

Some Like It Hot (Billy Wilder) aeth â hi. Y ffilm gomedi orau erioed, ym marn y ddau, gyda pherfformiadau bythgofiadwy gan Tony Curtis, Jack Lemmon, Marilyn Monroe a Joe E. Brown.

'Wel, awn ni i fyny?' awgrymodd Madog yn flysiog ychydig wedi i Tony a Marilyn, Jack a Joe E. Brown ddianc mewn sbidbot rhag dialedd Spats (George Sand) a'i ddihirod.

'Na. Sa' am funed,' meddai Eirlys a'i gwedd yn difrifoli. 'Rwy'n gwybod bod ni wedi addo peidio â siarad am waith ond ma rhywbeth ar 'yn feddwl i ma rhaid imi ddweud wrthot ti.'

'Deud.'

'Ma ofan arna i byddi di'n grac a 'so i am sbwylo'r noswaith.'

'Rydw i'n gaddo peidio bod yn "grac".'

'Reit,' meddai Eirlys a llenwi ei hysgyfaint. 'Rwy'n becso 'boutu'r cyfarfod rhynto i a Tudur ddydd Llun.'

Difrifolodd Madog, ochneidiodd a gofyn: 'Pam, cyw?'

'Rwy'n gwybod na fydd e'n lico cwpwl o olygfeydd newydd rwy am hwpo miwn i'r sgript i ddangos shwt ddyn nwydus oedd Howell Harris. Bydde fe'n cynhyrfu menywod yn rhywiol ac yn cael ei gynhyrfu 'da nhw. Ma 'na'n ffaith, Mad, os yw Tudur yn lico fe neu beidio, ac rwy'n gwybod, o beth mae e wedi'i ddweud wrtho i eisoes, nag yw e.'

'Mi oedd Harris yn ddyn cnawdol iawn, ac ma hi'n iawn i'r rhaglan ddangos hynny. Ond cofia ma cynulleidfa canol-

100

y-ffor ydi'r targed. Ma gofyn i chdi a Tudur chwilio'n ddiffuant am gymrodedd. Mi fydda i'n ganolwr sy'n 'ych parchu chi'ch dau, os gall hynny helpu.'

'Diolch, Mad,' ebe Eirlys ac anadlu'n ddwfn eto. 'Ond ma rhywbeth bach arall yn fy mecso i... Rhywbeth personol.'

'Ia?'

'Ma'n embaras ifi sôn am hyn wrthot ti. A gwn i byddi di yn grac.'

'Fydda'n well gin ti beidio cydweithio hefo Tudur o gwbwl?'

'Bydde 'na'n amhroffesiynol. Ond ma fe, Tudur, yn hala ofan arno i, Mad.'

'Ma gin ti'i ofn o? Pam? Wn i fod ei syniada fo a dy syniada di'n reit wahanol ond fedri di ddim gwadu ei fod o'n ddyn da. Yn ddyn annwyl a serchus. Mi wt ti wedi cyfadda hynny, cyw.'

''Na'r broblem, Madog. Mae e'n rhy serchus ar adege.'

'Tydan ni ddim wedi arfar hefo dynion fel Tudur, nag'dan? Dynion sy'n byw Cristnogaeth bob awr o'r dydd, ym mhob man, hefo pawb.'

Caledodd llais ac edrychiad Eirlys. 'Beth rwy'n drial ddweud wrthot ti,' meddai, 'yw fod y Brawd Tudur yn rhy serchus 'da menywod. 'Da fi a'r merched eraill.'

'Twyt ti ddim yn mynd i'w gyhuddo fo fel gnath...'

'Gad ifi gwpla. All e ddim cadw'i ddwylo odd'arnon ni, Madog. Ma'n debyg nagyw e'n bwriadu achosi diflastod inni. Rwy'n siŵr nagyw e. Gwraidd y broblem, rwy'n meddwl, yw nag yw e, Tudur, wedi arfer bod yng nghwmni menywod 'rôl bod dan glo 'da mynachod eraill am flynydde. Mae e wedi cyfadde iddo fe fod yn annheg 'da Hywel a

Dewi. Falle bod e ddim yn sylweddoli beth mae e'n neud, a pha mor ddiflas...'

'Ella bo chdi'n iawn. Mi ga' i air hefo Tudur,' addawodd Madog.

'Na, na, 'so i am iti neud hynny,' protestiodd Eirlys. 'Galle strywo'r berthynas broffesiynol rhynt Tudur a fi, ar adeg pan ni'n gorffod cydweithio. 'So i am roi'r gore i *Harris*, Mad...'

'Be'n union wt ti isio imi'i neud,' holodd Madog yn ddiamynedd.

'Achos bod ni i gyd mor fishi yn ystod y dydd, rwy wedi gofyn i Tudur ddod ato i i'r Stiwdio Olygu, nos Lun, wedi i bawb fynd sha thre. Rwy wedi meddwl am ffordd galla i deimlo'n ddiogel heb achosi embaras iddo fe na fi. Gallen i adel meic yn agored yn y stiwdio ac wedi'i gysylltu â dy swyddfa di. Os teimla i bod e, Tudur, yn mynd 'bach yn ewn, fe 'na i beswch, a galli di ddod miwn, ar hap a damwain, fel petai, ac eiff y peth ddim pellach.'

'Wt ti'n gofyn imi sbeio arnach chi? Ar 'y ngwraig 'yn hun a'n ffrind gora? Fel taswn i ddim yn medru'ch trystio chi? Dim ffiars o beryg, blodyn! Be wt ti'n feddwl ydw i?"

'Ma'n flin 'da fi taw fel'na ti'n gweld pethe,' ebe Eirlys a'i llais yn caledu fwyfwy. 'Dries i roi cyn lleied o loes iti â phosib ond alla i weld bod angen ifi siarad yn blaen. Ma'r Brawd Tudur ap Trefor, 'ddar pryd daeth e 'ma, wedi bod yn euog o *sexual harassment* ohono i a phob menyw arall sydd â chysylltiad â'r cwmni hyn – ac eithrio dy fam, falle. Dyna pam gadawodd Marian ac roedd e'n haraso fi'n rhywiol pan ddath Dafydd miwn i'r stiwdio hyn.'

'Pam na fasat ti wedi deud?'

'Achos bod ofan arno i byddet ti'n ochri gyda dy ffrind

duwiol yn erbyn dy wraig annuwiol. Dyna pam, Madog. Ond ma rhaid rhoi stop ar hyn. Rwy am deimlo'n saff yn y cyfarfod hyn 'da Tudur. Os digwyddith dim – grêt. Ond os bydd e'n dechre swmpo fi, fe besycha i, deled di i miwn, a rown ni stop ar y peth.'

'Ma hyn mor dan din! Sôn am *surveillance society*.'

'Os na gytuni di, byddi di'n esgeuluso dy ddyletswydd fel Cadeirydd a Phrif Weithredwr, ac fel gŵr. 'So ti am 'i neud e, wyt ti? Ma 'da fi gwilydd ohonot ti!'

'Paid â myllio...'

'Paid â myllio! Paid â mylllio!' gwaeddodd Eirlys i wyneb ei gŵr ac yn ddigon uchel i bobol sir Fôn ei chlywed. 'Nage "myllio" odw i, gw-boi! Rwy'n benwan. Yn lloerig. "Dop caitsh", fel byddwch chi'r Gogs yn ddweud. Mor grac nes bo fi am ymddiswyddo o'r project, o'r Cwmni, ac o'r briodas 'ma.'

'Rwt ti'n siarad yn wirion rŵan...'

'Gan y gwirion ceir y gwir. A'r gwir yw bo fi wedi cael llond bola o Teleduwiol, o'r Brawd Tudur ac ohonot ti. Mae tri ohonon ni'n y briodas hon, ys gwedodd menyw arall ga'th gam, a ma hynny'n un yn ormod.'

Cododd Eirlys oddi ar y soffa ac meddai'n fygythiol o dawel: 'Rwy'n mynd lan. Sa' di man hyn am sbel i bendroni beth wyt ti am neud. Ffafr fechan i mi, neu dod â dy briodas i ben. Os taw dyna dy ddewis di, cer i'r llofft gefen ac fe af i i weld cyfreithiwr fore Llun. Yn y pnawn, bydda i'n dechre'r broses o hala'r Brawd Tudur a ti o flaen tribiwnlys diwydiannol. I'w gyhuddo fe o *sexual harassment* a thithe am ganiatáu iddo fe ddigwdd. 'So i'n meddwl bydd y Sianel na Godsworks yn blês iawn.'

'Ol-reit, ol-reit,' ebe Madog Morgan yn llesg, fel petai'n

sigo dan y cenlli geiriol. 'Deud wrtha i be'n union wt ti am imi neud?'

'Arbed dy enw da di a dy wraig,' ebe Eirlys a gwên addfwyn yn lledu dros ei hwyneb wrth iddi eistedd ar y soffa yn ymyl ei gŵr a'i gofleidio.

10

BOANERGES – MAB Y DARAN

Howell Harris, ei Fywyd a'i Waith

Golygfa 13. Cerbyd caeedig yn cael ei dynnu gan ddau geffyl rhwng Erwd a Threfeca

Amser: diwedd y prynhawn, 28 Hydref, 1749

HARRIS / ANN / SIDNEY / COETSMON

Mae Harris ac Ann yn eistedd ar y sedd sy'n wynebu'r gyrrwr a Sidney ar yr un sydd a'i chefn ato. Mae Harris a Sidney yn ffraeo ac Ann, a syrffed ar ei hwyneb, yn pendwmpian; ond pan glyw hi sylwadau sy'n ei thramgwyddo neu'n ei chythruddo bydd yn cilagor un llygad ac yn y diwedd yn ymyrryd yn y ffrae.

SIDNEY: Pwy ydi'ch Mam yn Israel chi, Howell? Chdi, Williams, Rowlands a'ch dychweledigion chi i gyd? Dwed wrtha i!

HARRIS: Ti, Sidney, ti. Rwy wedi cyfadde hynny eisoes.

SIDNEY: Pwy ydi Urim a Thummim y Diwygiad? Yr oracl anffaeledig alwyd gan Dduw i ddatgan ei feddwl i'r bobol?

HARRIS: Ti, Sidney...

SIDNEY: Os felly, pam na 'nei di gyfadda fod yr Hollalluog wedi fy newis i i arwain ac i gyfeirio ei Achos Mawr ymhlith y Cymry?

HARRIS: 'So i'n gwadu 'na, fenyw. Beth rwy'n ddweud yw nag wyt ti'n abl i wneud hynny yn union fel mae E'n moyn heb ddehonglydd, heb ladmerydd wedi ei drwytho yn yr Ysgrythurau ac yn nysgeidiaeth y Ffydd Gristnogol, i sicrhau fod dy broffwydoliaethau yn gyson â'r egwyddorion sanctaidd hynny, a heb eu llygru mewn unrhyw fodd gan ysbrydoedd dieflig.

SIDNEY: Fydda Duw ddim yn caniatáu ymyrrath o'r fath! Fydda Fo byth yn caniatáu i'r un 'ysbryd dieflig' ddŵad o fewn can milltir imi! Ma'r Hollalluog yn gwarchod ei lawforwyn rhag ymosodiada Satan a'i luoedd.

HARRIS: Wrth gwrs bod e, nghariad i. (*ANN yn agor un llygad blin*) Ond ma dylanwad y Gŵr Drwg ac Angylion y Fall yn rhemp ymhlith y werin, sy mor oriog ac anwybodus, ac felly mae lledaeniad y Diwygiad yn galw am ddehonglydd eneiniedig fel fi rhag i Satan eu harwain nhw ar gyfeiliorn. Ti yw Llygad y Diwygiad, f'anwylyd. (*ANN yn agor y llygad arall*) Fi yw'r Pen a'r Safn sy'n dehongli ac yn llefaru dy weledigaethau di ac yn argyhoeddi ein cyd-wladwyr pechadurus wrth y miloedd o'u dilysrwydd. Dyna pam y llysenwodd Williams fi'n 'Boanerges' – Mab y Daran! I mi y rhoddodd Duw Hollalluog y ddawn i dynnu corff drylliedig yr Iesu i lawr oddi ar y Groes a'i arddangos gerbron y werin hurt ac annysgedig, i'w hargyhoeddi o'u haflendid pechadurus ac o'i ras anfeidrol Ef tuag at y rhai a'i haddolant Ef.

SIDNEY: A' i ddim i ddadla hefo hynny ond wt ti'n barod, Howell, i gydnabod mai fi bia'r ddawn broffwydol y llifa'r Diwygiad ohono megis afon, ac mai fy ngwas i wyt ti?

ANN (*yn effro iawn ac yn gynddeiriog*): Naw wfft i dy 'ddawn broffwydol', yr hwren haerllug! Petai gen ti un, bydden i a dy ŵr di, Wiliam, yn ein bedde ers misoedd, a thithe yng ngwely hwn bob nos! Fel wyt ti wedi bod eisoes sawl gwaith, mi wn, pan oech chi'ch dou'n galifantan hyd y wlad.

HARRIS: Cabledd! Cabledd! Taw â dy frygowthan ffiaidd, fenyw! Alla i weld bod Satan a'i gythreuliaid wedi dy feddiannu di unwaith eto!

ANN: Pwy ond Satan anfonodd yr ast dinboeth hon aton ni o Wynedd? I chwalu mhriodas a nheulu i! 'Na i gyd mae hi'n moyn yw f'ange i a Wiliam Griffiths er mwyn iddi hi dy gael di'n ŵr ac iwsio'i harian a dylanwad ei ffrindie pwysig i dy wneud di'n esgob cyfoethog a hithe'n arglwyddes. Glywes i hi'n dweud hynny wrthot ti, a 'phroffwydo' bo chi am gael tri o feibion.

HARRIS: Buest ti'n clustfeinio! Buest ti'n clustfeinio ar ein seiadau, y sarff gen ti!

ANN: Do, Howell. A pham lai, yn fy nghartre'n hunan? (*Mae hi'n dechrau wylo*) Os taw nghartre i yw Trefeca, erbyn hyn. (*Wyla'n hidl*)

HARRIS a SIDNEY yn edrych ar ei gilydd ac yn cydsynio i dawelu Ann. Mae HARRIS yn rhoi ei freichiau am ANN i'w chysuro.

HARRIS: Rwyt ti wedi camddeall pethe, nghariad i. Rwy'n dy garu di heddi yn fwy nag erioed.

SIDNEY: Os deudis i mod i am fod yn wraig i Howell, gwraig ysbrydol roeddwn i'n feddwl. Chdi, Ann, ydi'i wraig ddaearol o, ac mae o'n dy garu di â'i holl galon.

HARRIS: Odw, Ann. Â'm holl galon. Rwy'n eich caru chi'ch dwy.

Gwna HARRIS le i SIDNEY eistedd wrth ei ymyl, fel ei fod ef yn y canol rhwng y ddwy fenyw.

HARRIS: Rwy'n dy garu di, Ann (*Mae'n cusanu ANN*) ac yn dy garu dithe, Sidney (*Mae'n cusanu SIDNEY yn wresocach gan ennyn ymateb cyn wresoced*)... ac yn diolch yn feunyddiol i'r Hollalluog am roi dwy fenyw mor arbennig imi'n gymdeithion daearol ac ysbrydol ar fy nhaith gythryblus drwy fywyd.

Mae ANN yn cymryd ei chysuro wrth i HARRIS roi'r naill fraich amdani hi a'r llall am SIDNEY. Yn raddol, mae'n rhoi ei ddwylo am fronnau'r ddwy. Ymddengys fod hynny'n gysur i'r tri ohonynt. Caeant eu llygaid a chysgant.

BREUDDWYD HARRIS

Deil y tri yn y cerbyd ond bod yno wawl lwydaidd, freuddwydiol sy'n troi'n hunllefus. Gwelir llygad mawr paentiedig ar nenfwd y cerbyd. Mae SIDNEY yn agor ei llygaid ac yn dechrau cusanu wyneb a gwefusau HARRIS. Mae yntau'n agor ei lygaid, yn tynnu ei fraich oddi am ANN ac yn ymateb yn flysiog i fwytho SIDNEY, sy'n diosg ei dillad ei hun ac yn dadwisgo HARRIS. Wrth iddynt gofleidio'i gilydd yn awchus, mae ANN yn agor ei llygaid ac o weld yr hyn sy'n digwydd yn tynnu ei gŵr o afael y fenyw arall. Mae SIDNEY yn tynnu HARRIS yn ôl ati hi, ANN yn diosg ei dillad a'r ddwy yn bwrw iddi i fwytho a chusanu HARRIS, sy'n cynhyrfu drwyddo ond yn dychryn pan wêl SATAN, ar ffurf bwch gafr, yn eistedd ar y sedd gyferbyn â hwy a gwên anllad ar ei weflau blysiog. Ymddengys pâr o gyrn ar dalcenni HARRIS, SIDNEY ac ANN ond cynhyrfa HARRIS fwyfwy nes cyrraedd yr uchafbwynt perlesmeiriol a deffro.

Mae'r tri chydymaith yn ôl yn y cerbyd 'go-iawn' yn awr, a'u dillad amdanynt, wrth reswm.

HARRIS (*yn deffro'n gynhyrfus o'i berlewyg*): A!... A!... A! Gadewch fi fod!

Mae'r ddwy fenyw yn deffro.

ANN: Beth sydd? Beth sy'n bod?

SIDNEY: Howell bach! (*wrth ANN*) Drycha'r chwys ar ei wynab o!

ANN: Druan bach!

Mae'r ddwy am y gorau gyda'u hancesi yn sychu'r chwys oddi ar wyneb gwrthrych eu serch.

HARRIS (*mewn llais gwantan*): Diolch... diolch... Ry'ch chi'ch dwy mor dda wrtho i...

Â'r cerbyd yn ei flaen tua Threfeca.

11

Am hanner awr wedi saith y nos Lun ganlynol, croesodd y Brawd Tudur ap Trefor riniog y Brif Swyddfa a phlygell yn cynnwys sgript Mab y Daran a dogfennau eraill dan ei gesail. Cyfeiriodd ei gamre ar hyd y stafell hir at ddrws y Stiwdio Olygu y tywynnai golau coch a'r geiriau 'Dim Mynediad' uwch ei ben. Wedi iddo gyrraedd y drws, cododd y mynach ei ddwrn i guro arno ond yn hytrach na gwneud hynny oedodd, dododd ei law ym mhlygion ei abid wen a chydio yn y ffiol arian. Tynnodd hon o'i chuddfan ac ar ôl taflu cipolwg llechwraidd dros ei ysgwydd at y desgiau gweigion y tu ôl iddo agorodd hi a llyncu dwy joch egr o wirod a barodd i'w lygaid gleision ddyfrio. Dychwelodd y ffiol i'w nyth, sychodd ei weflau â chefn ei law a churo'n ysgafn ar y drws.

Ni ddaeth ymateb, a churodd Tudur eto, yn gryfach y tro hwn. Diffoddodd y golau coch, tywynnodd ei efaill gwyrdd, agorwyd y drws a chroesawodd Eirlys Morgan ef yn siriol:

'Tudur! Brydlon i'r eiliad, fel arfer!'

'Disgyblaeth y mynachdy, Eirlys!'

'Dewch miwn!'

'Alwa i'n nes ymlaen os ydach chi'n brysur?'

'Na, na! Rown i ar fin dweud "nos da" wrth Mari Jones a'r Bala. Dewch miwn. Steddwch.'

Dilynodd y mynach Eirlys i mewn i'r stiwdio a sefyll y

tu ôl i'w chadair wrth iddi gau'r rhaglen a diffodd y cyfrifiadur.

'A sôn am fynachdy – esgusodwch fy nillad gwaith, Tudur!' ymddiheurodd Eirlys gan gyfeirio at ei fest ddu a'i llodrau sgio, tyn o'r un lliw. 'Ma hi'n mynd mor dwym yma,' ychwanegodd i esgusodi noethni llyfn ei breichiau, ei gwddf a'i hysgwyddau. 'Rof i'r flowsen hon amdano i os bydde'n well 'da chi?'

'Na wir! Dim ar unrhyw gyfri, Eirlys bach,' meddai'r mynach cyn iddi allu cyffwrdd yn y dilledyn sidan, gwyrddlas a hongiai ar gefn ei chadair. 'Gwisgwch chi yn y modd sy'n gneud ichi deimlo'n fwya cyfforddus wrth 'ych gwaith. Dyna un o hawlia sylfaenol pob gweithiwr – a gweithwraig! Ma'ch gwisg chi'n gymwys i'ch gweithgaredd ac yn weddus hefyd, os ca' i ddeud. Yr hyn fydda i'n ei feirniadu yn y genod ifanc yma ydi eu bod nhw'n gwisgo i gydymffurfio hefo ffantasïau siofinistaidd dynion ac nid â gofynion eu swyddi a'u cysur nhw'u hunain.'

'Alla i ddim cweryla â 'na, Tudur,' meddai Eirlys wrth y mynach a 'Wela i di fory, Mari!' wrth y sgrin fel y tywyllai honno.

'Sut ydach chi'ch dwy'n dŵad ymlaen hefo'ch gilydd?' holodd Tudur wrth eistedd.

'Mae'n stori bert, on'd yw hi?' atebodd Eirlys a fu wrthi'n golygu'r bennod. 'Ond sa i'n siŵr faint ohoni sy'n wir.'

'Roedd yna ferch o'r enw Mary Jones a anwyd yn y flwyddyn 1784, a fu'n byw gydol ei hoes yn Llanfihangel-y-Pennant a Bryn-crug, ac a aeth i'r Bala i brynu Beibil gan Thomas Charles ar ôl hel ei cheinioga prin yn ofalus iawn am flynyddoedd,' meddai Tudur. 'A gerddodd hi'n droednoeth yr holl ffordd i'r Bala? Pwnc dadleuol. Bid a fo am hynny, mae i'r stori rym myth.'

'Hynny yw – mae'n gelwydd?'

'Mae gan y gair myth ddau ystyr, on'd oes?' ebe Tudur. 'Gall olygu celwydd neu anwiredd, ar y naill law, neu, ar y llaw arall, wirionedd pwysig ac arwyddocaol am lwyth, cenedl, neu'r hil ddynol yn gyffredinol. Gwirionedd sylfaenol a hanfodol stori Mari Jones ydi awch a dyhead gwerin Cymru'r ddeunawfed ganrif am "ddidwyll laeth y Gair".'

'Bydd rhaid ifi feddwl amboutu 'na,' meddai Eirlys a throi'r stori, yn llythrennol, gan bwyntio at y sgript ar y ddesg o'i blaen. 'Ond Howell Harris yw'r boi byddwn ni'n drafod heno, yntefe?'

'Siŵr iawn,' cydsyniodd y Brawd Tudur. Agorodd ei blygell, tynnodd gopi o'r sgript ohoni a darllen y teitl ar y flaen-ddalen: 'Boanerges – Mab y Daran!' Rydw i'n meddwl fod y Parch. D. Crafnant Williams wedi llwyddo i grynhoi bywyd mor stormus a chythryblus i slot hanner awr yn o lew, Eirlys?'

'Roedd tipyn o waith golygu ac ail-sgrifennu, Tudur.'

'Ma'n rhaid imi'ch llongyfarch chi ar y golygfeydd newydd.'

'Diolch yn fawr, Tudur,' ebe Eirlys wedi ei synnu gan y ganmoliaeth annisgwyl. 'Alla i ddim hawlio'r clod i gyd. Ges i 'bach o help 'da ffrind ifi sy'n awdures broffesiynol. Rwy'n falch bo chi'n lico'r stwff newydd.'

'Mae o'n bywiocáu sgript sydd, o reidrwydd, efallai, trwy gwmpasu cymaint o ffeithiau a digwyddiadau, fymryn yn *bland*. Ond...'

'Ond...?'

'Mae yna un ychwanegiad y gallwn ni ei hepgor – a barn bersonol ydi hon, rhagfarn fyddach chi'n ddeud. Yr olygfa sy'n dangos Harris yn perswadio aeloda'r Tabernacl yn Llundain i brynu tocynna lotri yn y gobaith o godi arian at gartra i blant amddifad roedd George Whitfield wedi'i sefydlu yn America, ac yna'n eu harwain mewn gweddi ar i'r Hollalluog drefnu iddyn nhw ennill. Tipyn o wamalrwydd sy'n anghydnaws â gweddill y rhaglen, yn fy marn i, ond dydw i ddim yn teimlo mor gry nes byddwn i am ddileu'r olygfa.'

Trodd y Brawd Tudur dudalennau'r sgript ac aeth yn ei flaen: 'Rydw i wedi rhoi marc cwestiwn, Eirlys, gyferbyn â'r olygfa yn y goetsh fawr...'

'Feddylies i byddech chi ddim yn lico hon'na,' ebe Eirlys a'i llais yn caledu. 'Ond roedd Howell Harris, yn "un am y merched", ys gwedon nhw, on'd oedd e? Fe nath e drin sawl menyw, yn enwedig ei wraig, yn wael iawn. Ac roedd ei berthynas e â Sidney Griffiths, "Madam" os buodd un erioed, yn *dodgy*, a dweud y lleia.'

'Ddylid ddim gwadu, celu, na gwyngalchu'r ochor yna i gymeriad Harris,' ebe'r mynach yn ddigyffro. 'Ond mi fydd rhaid hepgor y noethni a'r misdimanars mwya eithafol.'

'Rhag pechu Godsworks?'

'Rhag pechu'r Sianel, Eirlys bach! Ydyn nhw'n mynd i ganiatáu giamocs felly mewn rhaglan i'r teulu fydd yn mynd allan ar yr oria brig?'

Cyfaddefodd Eirlys nad oedd hynny'n debygol a bod Madog wedi dweud rhywbeth tebyg wrthi.

Aeth Tudur yn ei flaen i awgrymu bod angen cynildeb a sensitifrwydd wrth ffilmio'r olygfa lle y gwelid Harris yn pwyntio at gyrff dwy ddynes, mam oedrannus a'i merch, a grogwyd yn gyhoeddus yn Hwlffordd am ladd baban y ferch, a'i glywed yn datgan wrth y dorf: 'Fel hyn y bu i'n Harglwydd Iesu Grist farw ar y Groes drosom ni!'

'Roedd e'n lico mynd i weld pobol yn cael eu dienyddio, on'd oedd e?' awgrymodd Eirlys. 'Roedd hynny'n rhoi cyfle iddo fe hala ofan ar y dorf am "Ddydd Barn a diwedd byd". Braidd yn afiach yn fy marn i, Tudur.'

'Roedd cymdeithas fyddai'n dienyddio pobol yn gyhoeddus, pobol ddiniwad, yn amal iawn, yn un afiach. Cymwynas fawr Harris a'i gyfeillion oedd codi'n cenedl ni uwchlaw barbareiddiwch yr oes a gosod sylfeini cymdeithas fwy gwaraidd.'

'Pa mor waraidd y'n ni heddi sy'n gwestiwn arall,' meddai Eirlys. 'Falle bod ni jest wedi allforio'n barbareiddiwch i wledydd eraill. Ond beth fydde'n help ifi wrth gyfarwyddo'r ffilm hyn yw clywed eich barn onest chi am Howell Harris. Beth y'ch chi'n feddwl ohono fe fel dyn, Tudur?'

'Un cymhleth iawn,' ebe'r Brawd Tudur yn feddylgar, 'yn ymgorfforiad o groestyniadau ei oes pan oedd yr hen drefn ffiwdal yn cael ei thanseilio gan y drefn newydd, ddemocrataidd, weithia er gwell ac weithia er gwaeth. Adawodd o mo'r Fam Eglwys, ond mi nath o lawar i danseilio'i hawdurdod hi ac i beri i filoedd o'i gyd-wladwyr ddibrisio gwerth litwrgi, hierarchiaeth a'r traddodiad Catholig ac arddel yr unigolyddiaeth remp oedd yn atomeiddio cymdeithas ac sy'n dal i neud hynny.'

'Fel dyn, wedes i, Tudur,' ebe Eirlys yn ymosodol. 'Nage fel ffigwr hanesyddol neu eicon crefyddol.'

'Is-deitl llyfr rhagorol Herbert Hughes, fu mor

ddefnyddiol i'r awdur, sy'n disgrifio Harris ora i mi, Eirlys: *Gŵr Duw â Thraed o Glai.*'

'Ry'ch chi'n "ŵr Duw", Tudur,' ebe Eirlys yn chwaraeus, 'ond sdim "traed o glai" 'da *chi* oes e?'

'Rydw i'n glai o fy sowdwl 'dat fy nghorun, Eirlys bach!' ochneidiodd y mynach gan siglo'i ben yn ddwys ac hunanfeirniadol.

'Alla i ddim credu hynny, Tudur,' meddai hithau gan roi llaw gysurlon ar law'r mynach. 'Rwy'n siŵr bod 'da chi fwy o nodweddion positif Howell Harris na'i ffaledde fe. Ry'ch chi'n arweinydd carismatig ac...'

'Rydach chi'n rhy garedig,' ebe Tudur a chuddio llaw Eirlys â'i law arall.

'... ac awdurdodol – rhy awdurdodol ar adege, falle! Yn siaradwr huawdl, yn ddyn busnes llwyddiannus...'

'Hyd yn hyn...'

'Ac yn hoff o gwmni menywod?' awgrymodd Eirlys a gwên amwys ar ei gwefusau.

'Mae'n rhaid imi bledio'n euog i'r cyhuddiad ola,' ebe'r Brawd Tudur a'i anadlu'n cyflymu, 'yn enwedig rhai sydd yr un mor dlws ag y ma'n nhw'n ddeallus, Eirlys.'

'Sda chi ddim llawer o feddwl ohono i, felly?'

Gwasgodd y mynach ei llaw yn dynnach a symud ei gadair yn nes at ei chadair hi. 'Oes, Eirlys. Oes wir ichi!' crygodd. 'Rydw i isio inni fod yn ffrindia, Eirlys. Ydach chi isio inni fod yn ffrindia?'

'Wrth gwrs bo fi...'

'Rydw i mor falch o'ch clwad chi'n deud hynny, Eirlys,' ebychodd y Brawd Tudur yn floesg. 'A finna wedi meddwl 'ych bod chi'n 'y nghasáu i!'

'Dim shwt beth, Tudur!'

'Diolch, diolch! Canmil diolch!' llefodd y mynach gan gusanu dwylo Eirlys a'i breichiau noethion.

'Hei! Cwl-ed, nawr, Tudur!' protestiodd Eirlys gyda phesychiad nerfus a'i wthio oddi wrthi.

'Rydach chi'n f'atgoffa i o Angela,' haerodd Tudur gan gydio yn ei dwylo drachefn a syllu i fyw ei llygaid ag eiddgarwch tanbaid. 'Yn hardd, yn beniog, yn gweld bod rhywfaint o dda mewn creadur mor druenus a di-lun â fi. Dydw i ddim wedi cael siarad am bethau pwysica bywyd efo dynas fel chdi er pan oedd Angela a fi'n gariadon ac mae bod yn eich cwmni chi fel hyn, dim ond ni'n dau, wedi tanio'r un teimlada yn eigion fy enaid i, Eirlys annwyl!'

Lapiodd y mynach ei freichiau am Eirlys a'i thynnu ar ei lin. Gwasgodd Eirlys i'w fynwes a chusanu ei gwefusau'n frwd nes i Eirlys lwyddo i'w wthio oddi wrthi. 'Beth y'ch chi'n feddwl y'ch chi'n neud, Tudur?' holodd a phesychu'n uchel.

'Dim ond be wt ti isio imi'i neud i chdi'r gnawas bach bryfoclyd!' chwarddodd Tudur yn drachwantus gan fynd i'r afael â hi eto.

Roedd Madog Morgan wedi gadael ei swyddfa pan glywodd, drwy gyfrwng y cyswllt sain, ei wraig yn croesawu'r Brawd Tudur ap Trefor i'r Stiwdio Olygu. Eisteddai Madog yn awr ger un o ddesgiau'r Brif Swyddfa â chlustffon yn nhwll ei glust, ac wedi ei syfrdanu gan yr hyn a glywai. Gan rythu'n filain at ddrws y Stiwdio Olygu gwnaeth osgo i godi o'i gadair ond parlyswyd ef gan yr hyn a glywai a disgynnodd yn ôl arni mor hurt a diymadferth â sachaid o sment.

EIRLYS: Na! Na! Stopwch nawr, Tudur!

TUDUR: Mi wt ti wrth dy fodd, y gnawas bach bryfoclyd.

EIRLYS: Rwy'n wraig briod!

TUDUR: Fydd dy ŵr ddim callach os byddwn ni'n dau'n ofalus.

EIRLYS: Ma'n ffrind iti.

TUDUR: Hen foi iawn, ond dipyn o lob. Mor ddiniwad. Mi wt ti'n lot rhy dda iddo fo.

EIRLYS: Paid gneud 'na! Cofia bo ti'n ŵr Duw!

TUDUR: Bob eiliad o bob munud, Eirlys. Duw, *cariad* yw. Duw *cariad* yw. Cariad ydi sylfaen pob crefydd gwerth ei halan, nghariad i. Rydw i'n llawn cariad atat ti, Eirlys bach! Cariad! A ma hynny'n dda yng ngolwg Duw. Rydw i'n dy garu di, Eirlys, â chariad anorchfygol. Anorchfygol! Chymrith o mo'i nacáu, waeth faint y gwingi di. Rydw i wedi dy garu di er pan welis i chdi gynta a mi wn i dy fod di'n teimlo 'run fath tuag ata inna. Dyna pam cadwist ti mhart i'n erbyn yr hen gythral bach yna, Dafydd, yntê? Rydan ni'n eneidia hoff cytûn, Eirlys. Chdi fydd fy Llygad i ym myd y Cyfrynga. Efo'n gilydd, mi 'nawn ni Teleduwiol yn gwmni cynhychu mwya Cymru, un o rei mwya'r UK. Ma Fotheringay Abbey yn fwy na mynachdy a *posh rehab clinic*. Mae o'n fusnas mawr rhyngwladol efo cysylltiada ym mhob rhan o'r byd. Sefydlwn ni is-gwmni i chdi fedru gneud y math o ffilmia a rhaglenni wt ti isio neud. *Arhouse movies.* Beth bynnag leci di. Chdi fydd fy Sidney Griffiths i, yn diwallu anghenion fy meddwl, fy enaid a nghorff i.

EIRLYS: Gwraig *ysbrydol* Howell Harris oedd hi, yntefe?

TUDUR: Paid â chymryd dy siomi, blodyn! Mi oeddan nhw'n ffwcio fel cwningod, siŵr Dduw!

EIRLYS yn pesychu'n ffyrnig.

TUDUR: Hen beswch cas! Cym joch o hwn.

EIRLYS: Beth yw e?

TUDUR: Ffisig annwyd. Jest y peth.

EIRLYS: Na! Sa i'n moyn!

TUDUR: Neith les ichdi.

Sŵn ymrafael ac offer electronig yn cwympo gan falu'n deilchion. EIRLYS yn pesychu'n saith ffyrnicach.

EIRLYS: Yffach gols! Shwt fath o 'ffisig' yw e?

TUDUR: Un poblogaidd iawn yn Rwsia, lle ma 'na lot fawr o annwyd. Gymra inna joch. Hei! Lle wt ti'n meddwl ti'n mynd?

EIRLYS: Na, na! Stopa! 'So hyn yn iawn!

119

TUDUR: Ydi mae o, cyw! Yn fendigedig o iawn!

EIRLYS: Ond ma'n erbyn dy egwyddorion di i gyd! Yn erbyn dy grefydd di!

TUDUR: Tydw i ddim yn credu yn y rwtsh yna fwy nag wyt ti, Eirlys bach! Does ar bobol ddeallus fel ni ddim angan crefydd. Dyna be sy'n gneud ni'n wahanol i'r *hoi-polloi*, y *plebs*, y 'werin gyffredin ffraeth'. Rydan ni'll dau'n ddigon cry i fyw 'yn bywyda heb swcwr ofergoeliaeth! O! Isio dipyn o ryff, wyt ti? Dwi'n lecio hyn'na!

EIRLYS: Aisht! Ma rhywun yn y Brif Swyddfa! 'So ti am i rywun ddod miwn, fel nath Dafydd?

TUDUR: Ma nhw i gyd wedi mynd adra.

EIRLYS: Ma Madog yn ei swyddfa.

TUDUR: Alwis i yno ar 'yn ffor yma a mi oedd o ar fin madal.

EIRLYS: Glywes i rywbeth.

TUDUR: Ty'd di'n d'ôl, Madam!... Awww! Oooo! Wwww! Mi wt ti wedi'n andwyo i'r bitsh!

EIRLYS: Gwd. Wedodd Madog ddim wrthot ti bod 'da fi belt ddu, Tai Cwando?

TUDUR: Ooo... Iesu Grist o'r Sowth!

Agorodd Eirlys ddrws y stiwdio a gweld Madog yn eistedd mor llonydd â Bwda plwm. 'Madog!' bloeddiodd ond ni chyffrôdd ei gŵr. Caeodd Eirlys y drws ac meddai wrth y Brawd Tudur a fwythai ei geilliau dolurus: 'Ry'n ni'n dou'n joio 'bach o ryff ond 'na ddigon o whare amboutu.'

Diosgodd Eirlys ei fest gan ddatgelu dwyfron wen, grynedig a nythai mewn bronglwm bregus, du. 'Reit! Hatra dy goban!' gorchmynnodd. 'Ma'n rial tyrnoff.'

Ufuddhaodd y mynach ar amrantiad fel nad oedd dim amdano ond croes arian, trôns M&S a phâr o sandalau. 'Jeronimo!' crochlefodd gan ruthro ati. 'Gad imi lyfu dy flwmonjis fanila di!'

'Bydd rhaid iti nala i gynta!' chwarddodd Eirlys a ffoi drwy'r drws dan floeddio 'Madog!'

'Ty'd yma imi ga'l dy ffwcio di'n biws!' rhuodd y mynach a rhuthro ar ei hôl.

'Stopa fe, Mad!' gwaeddodd Eirlys wrth wibio heibio'i gŵr. 'Wyt ti am iddo fe'n rheibio i?'

Cododd Madog Morgan o'i sedd a chamu'n bwrpasol at ddrws y Stiwdio Olygu fel y carlamai'r Brawd blysiog drwyddo.

'Madog! Be wt ti'n neud yma?' holodd y mynach yn hurt a sefyll yn stond fodfeddi oddi wrth y gŵr eiddig y bwriadai ei gwcwalltu.

'Be wt ti'n neud i ngwraig i, y bastyn?' rhuodd Madog a chamu trwyn y mynach â'i ddwrn chwith cyn ei lorio â'r llall ag ergyd i'w stumog.

'Maddau imi, gyfaill annwyl!' ymbiliodd y Brawd Tudur oddi ar ei liniau a'r gwaed yn pistyllio o'i drwyn. 'Mi fûm i'n wan, do. Rydw i'n cyfadda hynny. Ond hi hudodd fi! Hi, Jesebel! Drycha arni yn ei noethni digywilydd!!' llefodd y mynach gan bwyntio bys cyhuddgar at Eirlys a safai yn awr wrth ymyl ei gŵr. 'Hudodd putain Babilon fi i'w ffau odinebus. Mi 'nes i ngora i wrthsefyll ei thrachwant a'i blys hi, gyfaill annwyl, ond trechodd gordderch Satan fi.'

'Paid â phaldaruo'r rhagrithiwr diawl! Mi glywis i'r cwbwl,' bloeddiodd Madog Morgan. '"Tydw i ddim yn credu yn y rwtsh yna fwy nag wyt ti, Eirlys bach! Does arnan ni ddim angan ofergoeliaeth. Dyna be sy'n gneud ni'n wahanol i'r *hoi-polloi*".'

'Be?' ebychodd y mynach.

'Rydw i'n falch o glwad dy fod ti'n meddwl mod i'n "hen foi iawn", Tudur, er mod i'n "dipyn o lob" a "mor ddiniwad".'

'Sut...?' holodd y mynach yn ddryslyd.

'Fel hyn,' meddai Madog a thynnu'r clustffon o'i glust.

'Mi wyt ti wedi cam-ddallt...' ceciodd y mynach di-abid.

'Wedi dallt o'r diwadd.'

'A finna, a finna!' bytheiriodd y Brawd. '*Fit-up* oedd hyn!'

Straffagliodd i godi ar ei draed gan geisio, yr un pryd, atal y gwaed a lifai o'i ffroenau. Camodd yn fygythiol at Eirlys a gweiddi yn ei hwyneb. 'Entrapment! Yr ast ichdi! Yr ast!'

'Paid ti â meiddio twtshad yn 'yn ngwraig i eto, Jiwdas!' llefodd Madog gan roi ei ddwylo am wddf y mynach a'i wasgu'n llofruddiaethol.

'Gad e fod, Madog!' ymbiliodd Eirlys gan lwyddo yn y man i wahanu'r ddau ddyn. ''So i ddim gwaeth, Mad,' meddai. 'Ac rwyt tithe wedi gweld shwt greadur salw yw dy "ffrind" di.'

'Do, diolch i chdi,' meddai Madog gan hyrddio'r mynach oddi wrtho. 'Dos o ngolwg i am byth neu mi fyddi di'n dyfaru!' gorchmynnodd.

Herciodd y mynach tua'r Stiwdio Olygu gan ddychwelyd yn y man a'i abid amdano. Cuchiodd drwy ei waedlin at Madog ac Eirlys a safai a'u breichiau'n gariadus am ei gilydd ond nid ynganodd air nes cyrraedd drws y Brif Swyddfa pan safodd a'u rhybuddio: 'Mi welwn ni'n gilydd eto cyn bo hir. Chi fydd yn dyfaru radag hynny.'

Gadawodd Brawd Tudur y stafell a chaeodd y drws awtomatig ar ei ôl. Chwarddodd Madog ac Eirlys yn aflywodraethus am hydoedd gan gusanu a chofleidio'i gilydd yr un pryd. Yna dychwelodd Eirlys i'r stiwdio i nôl ei dillad. Pan ddychwelodd i'r Brif Swyddfa gwelodd Madog yn sefyll fel delw yn y fan y'i gadawodd, a bod llonyddwch catatonig wedi ymlid y wên fuddugoliaethus oddi ar ei wyneb.

'Dere,' ebe Eirlys. 'Alwn ni heibio fflat Marian a Gwion i ddweud beth sydd wedi digwdd...'

'Dwi isio mynd adra,' atebodd Madog heb edrych arni.

'Wrth gwrs bod ti. A finne. Ond alwn ni i'w gweld nhw ar y ffordd, ie fe?'

'Dwi isio mynd adra rŵan,' ebe Madog fel plentyn pwdlyd yn mynnu ei ffordd ei hun.

'Ol-reit,' ochneidiodd ei wraig. 'Dere.'

12

'Es i draw i swyddfa'r heddlu bore 'ma a chyhuddo'r Brawd
Tudur ap Trefor o ymosod yn rhywiol arno i,' ebe Eirlys
wrth Dafydd a Marian yn ei swyddfa hi, bnawn drannoeth.
'A roddes i gopi iddyn nhw o'r ddeialog gyffrous rhynto fe
a fi ry'ch chi newydd ei chlywed.'

'Da iawn chdi!' meddai Dafydd ac ategodd ei chwaer y
gymeradwyaeth.

'Rhaid imi ddiolch iti, Dafydd,' ebe Eirlys, 'am ddangos
ifi shwt gallen i brofi i dy dad taw rhacsyn rhagrithiol yw'r
Brawd.'

'Wyt ti'n meddwl ceith o 'i roi yn y clinc?' gofynnodd
Marian.

'Go brin,' meddai Eirlys. ''So'r rhan fwyaf o achosion
fel hyn yn cyrraedd llys barn a chydig o'r rheini sy'n
llwyddo, hyd yn oed pan ma'r fenyw wedi'i threisio. Nago'n
i mewn peryg gwirioneddol. Gallen i fod wedi gneud niwed
mawr iawn i'r diawl. Ond bydd y ffaith bo fi wedi'i gyhuddo
fe'n cyfri os bydd e mor ddienaid â chyhuddo'ch tad o'i
wado fe a Teleduwiol o *unfair dismissal*.'

'Tasa fo'n meiddio, mi faswn i a'r genod erill yn tystio
sut bydda fo'n hel ei hen facha drostan ni,' addawodd Marian.

'A mi allan ni sôn am yr episod arall yn y Stiwdio
Olygu,' meddai Dafydd.

'Be ddeudist ti yn yr ebyst at Teleduwiol a'r Sianel?'
holodd Marian.

'Bod y Bonwr ap Trefor a ni wedi penderfynu ymwahanu, *by mutual consent*. Os eiff e â ni i dribiwnlys, fe ddaw ohoni waetha.'

Difrifolodd Eirlys ac meddai: 'Ar hyn o bryd, blant, 'so i'n becso cymaint am y niwed alle Tudur neud i ni ag odw i am eich tad. Pallodd e godi o'r gwely bore 'ma a phan es i sha thre amser cino roedd e'n eistedd o flaen y teledu ac yn syllu ar y sgrin er bod honno'n dywyll. Pan ofynnes i shwt oedd e'n teimlo, pallodd e ateb. Chymrodd e ddim sylw pan sonies i am y polîs, Teleduwiol nac S4C. A phan ofynnes i, "'So ti'n meddwl dylen ni drafod beth ddigwyddodd neithiwr, Mad?" 'nas e ddim ond siglo'i ben yn nacaol. Rwy'n becso'n ofnadw amdano fe.'

'Heb ddiod, heb Dduw, heb ddim,' murmurodd Dafydd.

'Dafydd!' ceryddodd ei chwaer.

'Na, mae e'n iawn, Marian,' meddai Eirlys wrth sychu'r dagrau a lifai dros ei gruddiau. Cododd y ferch ifanc o'i chadair a dodi ei braich dyner am ysgwyddau ei mam wen.

'Beth sy'n mynd mlaen yn ei feddwl e?' gofynnodd Eirlys yn y man. 'Roedd 'da fe shwt ffydd yn Tudur a beth oedd e'n bregethu. Ma ofan arno i dechreuith e hifed 'to.'

'Ddaw Dafydd a fi draw acw hefo chdi. A mi ffonia i Gwion. Ella gneith hi les i Dad weld 'yn bod ni i gyd yn gefn iddo fo. Mi fedar Gwion sôn wrth Dad sut mae o wedi ama Tudur erstalwm a nad ydi crefydd hwnnw'n Efengyl.'

'Ia,' cydsyniodd Dafydd.

'Diolch,' ebe Eirlys, 'rwy'n siŵr bydd hynny'n help. Licen hefyd ichi'n helpu i i'w berswado fe i dderbyn y therapi rwy am ei chynnig.'

'Meddwl ei yrru o i rwla am driniaeth wt ti? Ydi o cynddrwg â hynny?' holodd Dafydd mewn braw.

"So i'n meddwl ei secsiono fe, Daf,' ebe Eirlys â gwên wantan. 'Beth s'da fi mewn golwg yw mynd â fe am chydig ddyddie i rywle digon pell o Teleduwiol, y tŷ 'co, y Dre a Chymru. Rhywle gall e weld ei sefyllfa a'i brobleme mewn cyd-destun gwrthrychol, ehangach. Rhywle llawn atgofion am ddyddie hapusach.'

'Ynys Afallon?' awgrymodd Dafydd gan ennyn gwg ei chwaer.

'Paris,' atebodd Eirlys gan fwrw ei gwangalondid o'r neilltu. 'Rwy wedi bwco tocynne awyren o Fanceinion ac wthnos mewn hotel smart, bedair seren ym Montmartre. Rwy hefyd wedi gofyn i Pant gewch chi a Gwion gadw llyged ar beth sy'n mynd mlaen man hyn tra byddwn ni bant, a gytunon nhw. Be chi'n feddwl?'

* * *

Dridiau'n ddiweddarach, safai Eirlys a Madog Morgan yn Oriel XI, Amgueddfa'r Louvre ym Mharis o flaen paentiad enwog Rembrandt van Rijn, *Bathseba yn Ymolchi*.

Roeddynt eisoes wedi ymweld â mannau eraill yr arferent bererindota iddynt yn y gorffennol. Ym Mynwent Père Lachaise, er cof am ei thad-cu ac o barch at ei arwyr, gosododd Eirlys dusw o garnasiwns coch ger y Mur des Fédérés, lle y cwympodd gwrthryfelwyr olaf Comiwn 1870 ac un arall rhwng y cofgolofnau a goffâi merthyron y Résistance a'r *déportés* a drengodd yn Buchenwald. Nid ysgogodd hynny na sylw nac osgo cydymdeimladol gan ei gŵr. Ac yn wahanol iawn i ymweliadau blaenorol, nid oedd ganddo ddim i'w ddweud wrth feddrodau Oscar Wilde, Edith Piaf, Frederic Chopin nac Amedeo Modigliani. Ni chyffrowyd ef, fel cynt, gan geinder gorsafol, "Victoraidd" y Musée d'Orsay a champweithiau Manet, Degas, Renoir a Vincent van Gogh a chyfoedion athrylithgar eraill.

Rembrandt oedd hoff arlunydd Madog Morgan a dyna pam yr atgoffai ei wraig ef yn awr o'r deyrnged a draethodd y tro cyntaf iddo ei thywys o amgylch y Louvre, dros ddeng mlynedd ynghynt. Y tro hwnnw, ar eu ffordd tua'r stafelloedd lle hongiai paentiadau'r meistri o'r Iseldiroedd, roedd wedi ei difyrru â sylwadau coeglyd a anelwyd at yr erwau o Rufeiniaid yn croeshoelio, saint yn gweddïo, angylion yn esgyn ac yn disgyn, uchelwyr yn haerllugo a duwiesau nobl, noethlymun yn hoedenna y brasgament heibio iddynt. Y tro hwn dilynodd hi'n ufudd heb yngan na be na bw.

'Wyt ti'n cofio shwt byddet ti'n cymharu synhwyrusrwydd naturiol Bathseba Rembrandt a beth alwest ti'n "bornograffiaeth aristocrataidd" y duwiese porcyn?' gofynnodd Eirlys. 'Ac yn canmol dawn yr "artist seicolegydd", fel y galwest ti'r boi, wrth gyfleu'r cymysgedd o falchder, euogrwydd a hiraeth ar wyneb "gwraig Ureia yr Hethiad" wedi iddi ddarllen llythyr y Brenin Dafydd yn ei gwahodd i'w siambr?'

Prin yr amneidiodd Madog a thywysodd Eirlys ef at dwr o Siapaneaid a edmygai hunan-bortread o'r Rembrandt canol oed wrth ei waith fel artist.

'"Mae caru a cholli gwragedd a phlant ar yr wyneb yna," meddet ti. "Enwogrwydd, llwyddiant bydol ac artistig, methdaliad trychinebus ac ewyllys i ddal ati i baentio er gwaethaf popeth." Gymharest ti e â Shakespeare, Mad. Ac R. Williams-Parry. Adroddest ti soned ganddo fe. Wyt ti'n cofio?'

Er mawr syndod i Eirlys a syndod mwy i'r Siapaneaid, mewn llais cryf, llawn argyhoeddiad, adroddodd Madog Morgan dalp o'r gerdd yr oedd Eirlys wedi cyfeirio ati:

Llwfr ydwyf, ond achubaf gam y dewr;
    Lleddf ydwyf, ond darllenaf awdur llon.
Yn anghredadun, troaf at fy Nghrewr
    Pan dybiwyf ryw farwolaeth dan y fron.
Di-dderbyn-wyneb ydwyf wrth y bwrdd,
    Beirniadus ac esgeulus iawn o'm gwlad;
Anhyglyw ac anamlwg yn y cwrdd,
    Diasgwrn-cefn ac ofnus ymhob cad.
'Rwy'n wych, 'rwy'n wael, 'rwy'n gymysg oll i gyd;
    Mewn nych, mewn nerth, mewn helbul ac mewn hedd
'Rwy'n fydol ac ysbrydol yr un pryd...

Tawodd Madog ac meddai wrth Eirlys: 'Orffenna i'n fan'na. Tydi'r artist ddim mor sentimental â'r bardd.'

Cymeradwyodd y Siapaneaid yr adroddwr gyda brwdfrydedd cwrtais ac yn gynhesach fyth pan gofleidiodd ac y cusanodd hwnnw a'i gymar ei gilydd drwy eu dagrau.

* * *

Gadawodd Madog ac Eirlys yr amgueddfa gan wenu ar ei gilydd fel giatiau Palas Versailles. Aethant heibio'r gynffon hir o dwristiaid a ddisgwyliai'n amyneddgar yn yr heulwen am fynediad i byramidiau gwydr y Pharo Mitterand, croesi'r Rue de Rivoli a chamu'n heini i fyny'r Avenue de l'Opéra nes cyrraedd caffi-palmant yr oeddynt wedi mwynhau sawl llymaid hamddenol dan ei barasols yn y gorffennol.

'Pam llefest ti'n y Louvre?' holodd Eirlys wedi i'r *garçon* osod bob o *café crême* o'u blaenau. 'Meddwl am y trafferthion ga's e, Rembrandt, druan?'

'Meddwl gymaint o feddwl sy gin ti ohona i, i fynd i'r fath draffarth i ddŵad â fi at 'y nghoed, a chyn lleiad rydw i'n haeddu hynny,' atebodd Madog dan deimlad. 'Gymaint rwt ti wedi'i neud drosta i, chdi a'r plant. Gymaint rydw i'n 'ych caru chi...'

Llanwodd llygaid Madog Morgan a thawodd. Cydiodd Eirlys yn ei law a'i gwasgu. Felly y buont am rai munudau nes iddo ef lefaru eto gan syllu'n syth o'i flaen ar gerbydau sgleiniog a ffordddolion *chic*: 'Ma raid imi ddeud hyn wrthat ti, Eirlys. Nid am mod i isio dy ddychryn di ond am bod raid imi'i ddeud o wrth rywun, a dim ond wrthat ti medra i, ac os na ddeuda' i o rŵan, 'na i fyth... O'r eiliad y sylweddolis i sut roedd Tudur wedi nhwyllo i a finna wedi twyllo'n hun... a chanlyniada hynny i chdi a phawb o nghwmpas, nes clywis i chdi'n sôn am yr hen gyfaill yn y Louvre a'i lunia, dim ond un peth sy wedi bod ar 'yn meddwl i.'

'Beth yw hynny, Mad?'

'Gneud amdana'n hun.'

'O! Madog! Na!' llefodd Eirlys mewn braw.

'Paid â phoeni,' meddai yntau'n dawel. 'Mae o wedi mynd rŵan. Efo dy help di ddaw o mo'n ôl. Dyna pam rydw i wedi bod fel mudan am ddyddia, Eirlys. Meddwl am fynd ar goll yn Eryri a chogio damwain. Syrthio dros wal Cei ar lanw uchal. Gyrru nghar i gar arall. Crogi'n hun. Dechra lysho eto...'

Parodd yr ysbaid nesaf o dawelwch am chwarter awr gyfan, nes i Eirlys holi:

'Wel. Beth y'n ni'n neud nawr?'

'Deud ti.'

'Ni'n cwpla *Saint Cymru drwy'r Oesau.*'

'Ydan... Wedyn?'

'Gadel byd y Cyfrynge sydd wedi dirywio cymaint yn ystod y blynydde diwetha ac yn mynd o ddrwg i waeth bob dydd.'

'A gneud be?'

'Cwpwl o flynydde'n ôl, a Telesidonia jest â mynd i'r wal, sonion ni am y posibilrwydd o ddechre busnes ffotograffiaeth a chelf gain.'

'Siwtia hynny fi i'r dim.'

'Gwd. Hefyd...'

'Ia?'

'Glywes i un syniad da gan Tudur a dy fam...'

'Do?'

'Dim ar unweth. Dim nes byddwn ni wedi cwpla 'da'r *Saint* a Teleduwiol, a dod dros y trawma hyn...'

'Be?'

'Dechre teulu'n hunen?'

'Ia!'

13

'He-lo?'

'Fi sy 'ma, Marian.'

'Eirlys! Pryd cyrhaeddoch chi?'

''Boutu hanner awr yn ôl cyrhaeddon ni'r tŷ. Ma dy dad yn dal i ddadbaco.'

'Sut ath hi, Eirlys?'

'Ardderchog, Marian. Bendigedig. Nath fyd o les inni'n dou.'

'Grêt! Sut ma Dad? Yn well, yn ôl dy decst di.'

''So fe'r un dyn. Ddim yr un dyn â phan elon ni bant. Gwmws fel roedd e pan gwrddes i ag e gynta, ddeg mlynedd yn ôl. Call, clefer, annwyl iawn.'

'Wir-yr?'

'Wir-yr iti, Marian! Buon ni'n tafod digwyddiade'r dyddie, yr wthnose, y misoedd a'r blynydde diwetha. Ry'n ni'n deall ein gilydd 'to. Reit. 'Na ddigon amdanon ni am y tro. Shwt ath hi sha Teleduwiol?'

'Iawn, Eirlys.'

'Dim ond "iawn"?'

'Ma 'na betha wedi codi...'

'Shwt fath o bethe?'

'Petha sy ddim digon pwysig inni'u ddechra'u trafod heno, ar y ffôn. A dim ichi golli cwsg amdano fo. Fedrwch chi ddŵad i mewn erbyn tua naw?'

'Ma'n siŵr gallwn ni. Odi e, Tudur, wedi bod yn boen?'

'Ydi, braidd, ond dim byd o bwys. Clyw, ma Gwion yn gweiddi o'r gegin bod 'yn swpar ni ar y bwr. Siaradwn ni fory, ia?'

'Ie... ie... Ol-reit, Marian. Nos da.'

'Nos da, Eirlys. Rho sws i Dad drosta i. Dwi'n falch ei fod o'n well.'

Gosododd Eirlys y ffôn yn ôl yn ei rych ac aeth i led-orwedd ar y soffa a golwg boenus ar ei hwyneb ond siriolodd pan ymunodd Madog â hi gan holi:

'Gest ti air hefo nhw?'

''Da Marian.'

'Sut ath petha?'

'Iawn, medde hi.'

'Gafon nhw'u haslo gin y Brawd?'

'Allen i feddwl. Ddwedodd hi ddim lot. Gewn ni glywed bore fory. Ma nhw am inni ddod miwn erbyn naw.'

Eisteddodd Madog wrth ymyl ei wraig gan roi ei law ar ei chlun. 'Dwi'n edrach ymlaen at gydio'n yr awena eto,' meddai. 'Mi gipiodd y diawl nhw o ngafal i, do?'

* * *

Drannoeth, ymgynullodd y teulu yn Swyddfa'r Cadeirydd yn brydlon am naw. Wedi'r cyfarch llon, y swsio a'r cofleidio cyfryngaidd arferol a'r dosbarthu anrhegion – gwin a gwirod i Dafydd a Gwion a dillad isaf cain i Marian – eisteddodd y pump o amgylch y ddesg fawr.

Pesychodd Madog yn gadeiryddol a dweud: 'Cyn inni ddechra trafod busnas, ga' i ddiolch ichi'ch tri am edrach ar ôl y siop tra buon ni i ffwr ac, yn fwy na hynny, am fod yn gefn imi, er fy ngwaetha, tra bûm i'n sâl – a dyna'r unig ffor

132

y medra i ddisgrifio nghyflwr i yn ystod y misoedd dwytha. Salwch. Diolch i chi, ac i Eirlys, wrth gwrs, rydw i 'nôl... o'n i'n mynd i ddeud "yn fy llawn bwyll" ond pwy ohonan ni fedar honni ffasiwn beth hyd yn oed pan fydd o ar ei ora? Be fedra i ddeud, be fedra i addo, ydi na 'na i fyth feddwi eto ar alcohol na chrefydd. Ma hi'n ddyletswydd arna i hefyd i ymddiheuro am 'ych hel chi o'ma yn 'y nhwpdra...'

Mynnodd y tri ifanc, yn llafar iawn ac ar draws ei gilydd, nad oedd gofyn i Madog ymddiheuro am ddim nes i Eirlys, wrth sylwi ar chwithdod ei gŵr, gynnig 'ein bod ni'n symud ymlaen at y mater nesaf ar yr agenda'.

'Mater braidd yn ddiflas,' meddai Gwion ar anogaeth Marian a Dafydd. 'Ma'r Brawd Tudur wedi cwyno amdanoch chi wrth yr heddlu...'

'Be?!' ebychodd Madog ac Eirlys gyda'i gilydd.

'Wedi dy riportio di i'r slobs, Dad, am "achosi niwed corfforol difrifol" – GBH,' esboniodd Dafydd. 'A chditha, Eirlys – goeli di? – am "ymosodiad rhywiol"!'

'Dyw'r Glas ddim yn cymryd ei gyhuddiade fe o ddifri?' holodd Eirlys.

'Anodd dweud,' ebe Gwion. 'Wedon nhw delen nhw'n ôl rhywbryd heddi.'

'Trio'ch dychryn chi ma Tudur,' maentumiodd Dafydd. 'Ddaw 'na ddim o'i gyhuddiada fo a chditha hefo prawf pendant ei fod o wedi dy hambygio di, Eirlys.'

'Heb sôn be fedrwn i a'r genod erill ddeud amdano fo,' ategodd Marian.

'Dwi'n meddwl bod 'rhen Dudur yn colli arno'i hun ar ôl dangos gymaint o hupocrut ydi o,' haerodd Dafydd. 'Rho'r llythyr iddyn nhw, Marian.'

Gwthiodd Marian dros wyneb y ddesg at ei thad ddalen

deipiedig ac arni'r pennawd 'Farquhar, Cholmondley and Phipps, Solicitors, Northampton', yn hysbysu Mr Madog Morgan o fwriad eu cleient, Mr Tudur ap Trefor, perchennog Teleduwiol Television i ymweld â *premises* y cwmni am un ar ddeg y bore hwnnw er mwyn trafod gyda'r staff oblygiadau trosglwyddo'r rhan fwyaf o weithgareddau ac adnoddau Teleduwiol i Lublin yng Ngwlad Pwyl ac i'w hysbysu o'r trefniadau ar gyfer y mudo.

'Ma'r boi'n hollol boncyrs!' llefodd Eirlys.

'Honco bost!' cytunodd Marian.

'Wedi fflipio!' chwarddodd Dafydd.

Nid oedd gwên ar wyneb Madog Morgan.

'Fi fflipiodd, Dafydd,' meddai'n dawel.

'Ond wyt ti'n iawn nawr, cariad,' ebe'i wraig. 'A mae e off ei ben.'

'Gwrandwch arna i, bobol,' gorchmynnodd Madog Morgan a dwyster ei wedd a'i oslef yn sobri'r lleill. 'Cyn inni gychwyn am Mericia, mi berswadiodd Tudur fi i werthu fy nghyfranddaliada yn Telesidonia iddo fo.'

'Wedest ti ddim wrtho i!' edliwiodd Eirlys.

'Naddo. Mwya cwilydd i mi,' cyfaddefodd ei gŵr. 'Yn ôl fy "ffrind", mi fydda'r ffaith 'na "gŵr Duw", fel y bydda fo'n galw'i hun, oedd bia'r cwmni, yn 'yn gneud ni'n fwy deniadol yng ngolwg bosys Godsworks. Mi gawn i'n siârs yn ôl pan fydda'r ddêl wedi'i seinio. Roeddwn i'n ei drystio fo. Yn credu yn'o fo... Beth bynnag... mi werthis fy siâr i o'r cwmni, 70%, i'r Brawd Tudur ap Trefor... am bunt.'

Cymerodd funudau lawer i Madog Morgan argyhoeddi ei wraig a'i blant fod gan ei elyn pennaf hawl gyfreithiol ar y rhan fwyaf o gyfranddaliadau Teleduwiol. Yna, wedi ysbaid hir o fudandod, lleisiodd Eirlys ei siom a'i rhwystredigaeth â'r cwestiwn: 'Beth yffach y'n ni'n mynd i neud nawr?'

Gwenodd Madog Morgan.

'Pam 'yt ti'n gwenu, Madog?' holodd Eirlys a chymysgedd o ddicter a braw yn ei llais. ''So ti'n becso? Sdim ots 'da ti bod y diawl wedi lladrata'r cwmni gymron ni flynydde o lafur a lot fawr o arian i'w adeiladu?'

'Rydw i'n gwenu, nghariad i,' atebodd Madog yn ddigyffro, 'wrth gofio geiria anfarwol y diweddar, hybarch Eirwyn Pontshân: "Os wyt ti fyth mewn trwbwl, tria ddod mas o'no fe!" Ddeuda i wrthach chi be ydan ni'n mynd i' neud. Rydw i'n mynd i ga'l gair efo nhwrna, Dei Ara-deg, i weld sut medrwn ni roid sbocsan gyfreithiol yn olwyn Tudur – gorchymyn llys, *court order*, i herio'r ffordd cafodd o 'i facha blewog ar 'yn siârs i. Marian, mi fydda i isio ichdi fynd â phentwr o ddogfenna at Dei. Eirlys, ffonia di S4C, i ddeud wrthyn nhw bydd Tudur yn allforio Teleduwiol i Wlad Pwyl os ceith o 'i ffor. Gwion, cysyllta di hefo'r Aelod Seneddol, yr Aelod Cynulliad a'r pleidia gwleidyddol. Dafydd: yr Undeba – BECTU, Equity, Sgwenwyr, Cymdeithas yr Iaith a phob mudiad arall sy'n debyg o'n cefnogi ni os poethith petha. Mi welwn ni'n gilydd yn fan hyn am un ar ddeg ar ei ben.'

* * *

Cadwodd pawb yr oed ac eithrio Marian, a sipiai goffi yn swyddfa Dei Ara-deg wrth i hwnnw bori'n bwyllog drwy'r dogfennau a anfonodd Madog Morgan ato.

Adroddodd Dafydd a Gwion fod y gwleidyddion, yr ymgyrchwyr a'r undebwyr wedi eu cythruddo gan y bygythiad i barhad Teleduwiol fel cyflogwr lleol a chwmni cynhyrchu Cymraeg a Chymreig ond llugoer fu ymateb Dirprwy Swyddog Materion Corfforaethol Sianel4Cymru. Meddai hwnnw wrth Eirlys: 'Ryden ni'n cydymdeimlo, wrth gwrs, 'da pryderon naturiol gweithlu presennol y cwmni ynglŷn â'r posibilrwydd o weld eu swyddi'n cael eu symud i ran arall o'r Undeb Ewropeaidd ond bydd llawer ohonyn nhw'n cael cynnig mynd gyda'r gwaith a dyw hynny ddim yn brofiad mor anarferol y dyddie hyn gan fod Cymru, y Deyrnas Gyfunol a Gwlad Pwyl yn awr yn rhan o'r un wladwriaeth Ewropeaidd y mae egwyddorion y farchnad rydd, ddilyffethair, yn rhan o'i chyfansoddiad a bod gan Teleduwiol bob hawl – a dyletswydd, yn wir – i'w gyfranddalwyr, i fanteisio ar gostau cynhyrchu ffafriol iawn Gwlad Pwyl. Mae S4C yn hyderus y bydd cwmni Teleduwiol a'r Sianel ar eu hennill yn greadigol hefyd drwy feithrin perthynas â gwlad y mae ei threftadaeth ddiwylliannol, yn enwedig ei ffilmiau, yn fyd-enwog ac y bydd gwylwyr S4C yn croesawu datblygiad fydd yn esgor ar raglenni mwy diddorol a safonol.'

Fel y melltithiai Madog, Eirlys, Dafydd a Gwion 'frad diweddara'r Sianel', canodd y ffôn a thawodd pawb.

'Mae o yma!' cyhoeddodd Madog a rhoi'r teclyn wrth ei glust a'i geg gan ddisgwyl clywed Winnie yn ei hysbysu fod y Brawd Tudur wedi cyrraedd, ond yr hyn a glywodd oedd ei fam yn bytheirio:

'Madog! Deud wrth yr hen hogan wirion 'ma am adal imi ddŵad atach chi ar unwaith! Wn i am 'ych "cwarfod pwysig" chi ac rydw i wedi dŵad yma'n unswydd i neud yn siŵr na cheith y cradur bach ddim rhagor o gam... Am bwy ydw i'n sôn? Am y Brawd Tudur ap Trefor, siŵr iawn. Rydw i wedi gaddo iddo fo y down i yma i fod yn gefn iddo fo, rhag i ti a'r ddynas rwyt ti'n byw hefo hi ei hambygio fo eto... Mi ddeuda i wrthat ti be 'na i os na cha' i, yr hen gena ichdi, mi a' i i lawr i'r Maes a deud wrth bawb wela i pwy ydw i: "Gweddw'r diweddar Barchedig Seimon Llefelys Morgan, Gweinidog Capal Caersidon am ddeugian mlynedd ac rydw i newydd ga'l fy hel o'r adeilad hwnnw, gan fy mab i'n hun. Be dach chi'n feddwl o hynny am anniolchgar?"'

'Ol-reit, Mam. Dowch i fyny, tasa hi ddim ond i glwad dyn mor felltigedig o ddrwg ydi'r Brawd Tudur ap Trefor.'

'Rhag dy gwilydd di'n siarad fel'na am y ffrind gora gest ti rioed, achubodd di o grafanga medd-dod ac anffyddiaeth, a dy gwmni di rhag methdaliad. A be 'di'r diolch ga'th o? Ei hudo i odinebu efo'r ddynas yna a chweir gin ti, a...'

'Gofioch chi gymryd 'ych tabledi hiddiw, Mam?'

'Be wt ti'n awgrymu?'

'Bo chi ddim yn rhedag i fyny'r grisia rhag ofn inni orfod galw ambiwlans.'

Ni hidiodd Myfanwy Morgan gyngor ei mab ac o fewn llai na munud roedd wedi ymuno ag ef ac Eirlys a'r ddau ŵr ifanc. Ymatebodd i'w croeso claear gyda'r sylw: 'Hmm! Mi wela i mod i mor boblogaidd yma â Dafydd Iwan mewn cwarfod Llais Gwynedd!'

'Steddwch, Mam,' ebe Madog. 'Rydw i'n obeithiol byddwch chi'n gweld, cyn ichi fynd o'ma, sut ddyn ydi Tudur ap Trefor.'

'Mae e wedi'ch twyllo chi fel twyllodd e Madog,' meddai Eirlys.

'O! Helô, Eirlys!' ebe Myfanwy gan grychu ei thrwyn a'i gwefusau fel petai wedi arogli a blasu rhywbeth sur. 'Rydw i'n falch o weld bod gynnoch chi fwy amdanoch na phan hudoch chi Tudur i'ch ffau!'

Gwridodd Eirlys wrth fflachio'n ôl: 'Ie, ni fenywod sydd wastod ar fai miwn sefyllfa fel'na! Rwy'n synnu bo chi'n arddel agwedd mor ddiraddiol ohonon ni, Myfanwy!'

'Ddeudis i rioed fod pob dynas felly, ngenath i!'

'Genod! Genod!' apeliodd Madog Morgan a'i ddwylo yn yr awyr ond cyn iddo ddweud na gwneud rhagor i dawelu'r dymestl deuluol canodd y ffôn eto a gostegodd honno ohoni ei hun. Cododd Madog y teclyn at ei glust a phedwar pâr o lygaid yn rhythu arno. 'Ia, Winnie... O... wela i...' meddai a'i oslef yn dwysáu gyda phob sill. 'Newch chi ddeud wrth Mr Williams baswn i'n lecio gair hefo fo?'

Edrychai'r lleill ar ei gilydd yn ymholgar wrth i Madog gyfarch y dirgel ddyn gan wneud ei orau i swnio'n llon: 'Bora da, Mr Williams... Ia... Ydi o, wir? Roeddan ni wedi disgwyl ymweliad ganddo fo, wrth gwrs, a chan un o'ch pobol chi'n nes ymlaen... Ia... O'r gora... Dyna ni... Mi agorith Winnie'r drws ichi.'

'Ma'r Uwch-arolygydd Geraint T. Williams ar ei ffor i fyny,' cyhoeddodd Madog Morgan wrth ddodi'r ffôn yn ôl yn ei le.

'I'n holi ni?' gofynnodd Eirlys.

'Ddeudodd o ddim. Dim ond bod Tudur hefo fo yn y lobi. Mi rhosith y Brawd yno nes bydd Mr Williams wedi "traethu ei genadwri" wrthan ni.'

'Wt ti'n nabod y slob 'ma, Dad?' gofynnodd Dafydd.

'Dim ond o ran enw.'

'Rydw i'n nabod Geraint Tryfan yn dda iawn, ers blynyddoedd,' broliodd Myfanwy Morgan. 'Roeddan ni'll dau'n aeloda o Dîm y Gwehilion yn Nhalwrn y Beirdd ar un adag. "Un o'n limrigwyr disgleiria ni," medda Gerallt amdano fo unwaith. Mi enillodd Wobr Goffa Richard Branson, "Heddwas Mwyaf Diwylliedig Gogledd Cymru", llynadd. Cyw o frid ydi Geraint Tryfan. Daaan-dandarandaran-daan!   Daaan-dandarandaran-daan-dandarandaan!'

'Ydach chi'n teimlo'n iawn, Nain?' holodd Dafydd gan leisio'i bryder ef a'r lleill.

'Ar uchelfanna'r maes, ngwas i! Ro'n i a Tryfan yn dipyn o lawia.'

'Pam nethoch chi'r sŵn od 'na?' gofynnodd Eirlys.

'Ffanffer o bedwaradd symffoni Tchaikovsky oedd y "sŵn od" yna, Eirlys, ond faswn i ddim yn disgwl i chi'i nabod o. Dyna'r miwsig fydda ar ddechra *SOS! Galw Gari Tryfan* ar y weiarles erstalwm. Mi seiliodd awdur y gyfres, y Parch. Idwal Jones, Llanrwst, ei arwr, y ditectif preifat, Gari Tryfan, ar daid Geraint, Inspector Goronwy Tryfan Williams, pennaeth CID Dyffryn Conwy. Rhaglenni ardderchog oeddan nhw hefyd, am anturiaetha Gari a'i ffrind Alec: "Tawn i'n smecs!" oedd ei *catch-phrase* o ac Elen, ysgrifenyddes Gari.'

Gostyngodd yr hen wraig ei llais wrth eu hysbysu fod 'rhei'n deud mai WPC o Gerrigydrudion oedd hi go iawn, nid nain Geraint, ond ma pobol yn deud pob math o betha, tydyn?'

Tawodd Myfanwy pan glywyd cnoc gadarn ar ddrws y swyddfa. 'Dowch i mewn!' gwaeddodd Madog. Agorwyd y drws a drwyddo daeth clamp o ddyn, dros ddwylath o daldra, llond ei lifrai las tywyll a'i botymau a'i byclau arian. Tynnodd yr Uwch-arolygydd ei gap pigloyw wrth iddo groesi'r trothwy a'i ddal yng nghamedd ei benelin chwith.

Meddai'r heddwas wallt brith tonnog, aeliau trwchus a thrawswch swmpus. Tystiai ei wyneb gwritgoch iddo dreulio oriau lawer yn mwynhau cyfleusterau dan do y clwb golff ar lannau'r Foryd yn ogystal â'r rhai awyr agored.

Cyfarchodd yr Uwch-arolygydd bob un o'r pump a eisteddai o amgylch y ddesg yn ei dro gan syllu'n dreiddgar i lygaid hwnnw neu honno fel y'i henwai: 'Bora da, Mr Morgan... Mrs Morgan... Mrs Morgan *Senior*! Sut ydach chi ers cantoedd, Myfanwy? Rydach chi'n edrach yn ardderchog! Ydach wir!'

'Chitha hefyd, Geraint! Gyn smartiad ag erioed!'

'Dafydd 'ta Gwion?'

'Dafydd.'

'Siŵr iawn. Gweld y tebygrwydd rhyngddat ti a'r Hen Ŵr!... A Gwion?'

'Ie.'

'Lle ma dy gariad di, ngwas i?'

'Yn rhywle arall.'

'Ma hynny'n amlwg,' meddai'r plismon dan guchio.

'A bora da i chitha, Mr Williams,' ebe Madog, nad oedd yn dda ganddo blismyn ar y gorau. 'Isio gair hefo ngwraig a finna rydach chi, ma'n debyg? Awn ni i stafall arall.'

'Fydd hynny ddim yn angenrheidiol, Mr Morgan. Os barnwn ni bod angan datganiad gynnoch chi a Mrs Morgan ynglŷn â'r... gwrthdaro... rhyngddach chi a'r Brawd Tudur ap Trefor 'rwsnos dwytha, mi yrrwn ni ryw gwnstabl bach yma. Ond dichon y bydd modd hepgor hynny, wedi ichi glwad beth fydd gan y Brawd i'w ddeud.'

Tawodd Tryfan a chamu i safle a'i gwnâi hi'n haws iddo annerch y cwmni'n gyffredinol ac meddai: 'Rydw i yma heddiw'r bore, gyfeillion, yn rhinwedd fy swydd fel heddgeidwad, sef, un a benodwyd gan gymdeithas i gadw'r heddwch rhwng ei deiliaid. Rydw i yma'n benodol ... Mr Madog Morgan a Mrs Eirlys Morgan... i gadw'r heddwch rhyngddoch chi'ch dau a'r Brawd Tudur ap Trefor pan ddaw o ger eich bronnau yn y man mewn ymgais i ddod i gyd-ddealltwriaeth â chi parthed eich anghydwelediad masnachol.'

'Dydw i ddim yn dallt, Mr Williams.'

'Be ydach chi ddim yn ddallt, Mr Morgan?'

'Pam 'ych bod chi yma, a deud y gwir yn onast.'

'Am fod y Brawd Tudur ap Trefor yn bryderus ynglŷn â'i ddiogelwch personol yn ystod trafodaeth ar fater sy braidd yn... gynhennus, os dwi'n dallt hi'n iawn?'

'Os oes ofan clatshen arno fe, pam na fydde fe wedi trefnu inni gwrdd mewn swyddfa cyfreithiwr?' holodd Eirlys.

'Fi awgrymodd mod i'n dŵad yma hefo fo, Mrs Morgan.'

'Falle mod i'n anghywir,' meddai Gwion, 'ond 'so i'n meddwl bod 'da chi hawl i fod 'ma, oni bai fod Mr a Mrs Morgan yn cydsynio. Mater sifil yw'r anghydfod rhwng y Brawd Tudur a nhw, nage un troseddol.'

'Mae gan yr heddlu'r hawl i fod yn unrhyw le, unrhyw bryd, machgan i,' ebe'r Uwch-arolygydd yn awdurdodol, 'yn enwedig os byddwn ni'n meddwl bod peryg i drosedd gael ei chyflawni. Hawl a atgyfnerthwyd yn ddiweddar gan Ddeddf Atal Terfysgaeth (2011), sy'n "cwmpasu pob trosedd, tramgwydd, camwedd, drwgweithrediad, cynllwyn neu deyrnfradwriaeth neu'r posibilrwydd y cyflawnir trosedd, tramgwydd, camwedd neu ddrwgweithrediad, cynllwyn neu deyrnfradwriaeth, yn ogystal ag amheuaeth neu dybiaeth y gall unrhyw un feddwl, ystyried, dymuno, deisyfu neu ddychmygu ei gyflawni neu ei chyflawni".'

'Galle dyn fynd i'r jail ddim ond achos bod rhyw blismon ddim yn lico fe!' meddai Gwion, wedi ei gythruddo.

'Yn hollol, ngwas i!' chwarddodd Tryfan. 'Mi wyt ti wedi taro'r hoelan ar ei phen! Felly gwatsha be ddeudi di! Reit. O ddifri rŵan. Mi wn i 'ych bod chi i gyd yn bobol reit gall a chyfrifol yn y bôn, ac na fydd angan imi droi at y Ddeddf Atal Terfysgaeth nag unrhyw ddeddf arall i gadw trefn arnach chi. Cofiwch mod i yma am un rheswm, ac un rheswm yn unig, sef, i gadw'r heddwch ac i sicrhau bod y Brawd Tudur ap Trefor yn ca'l pob chwara teg i ddeud ei ddeud.'

'Mi 'na i'n siwr ceith o wrandawiad teg, Geraint,' addunedodd Myfanwy Morgan.

'Wn i gnewch chi, Myfanwy,' ebe'r heddwas. 'Ydan ni i gyd yn dallt yn gilydd? Mr Morgan? Mrs Morgan? Hogia?'

Amneidiodd y pedwar yn anewyllysgar a symudodd Dafydd a Gwion eu cadeiriau o boptu Madog ac Eirlys fel y gallent herio'r gelyn yn fwy unol.

Gofynnodd yr Uwch-arolygydd i Madog Morgan 'hysbysu'r *young lady* ddymunol iawn, iawn yn y lobi y ceith y Brawd Tudur ymuno â'n Seiat ni'. Cydsyniodd yntau a chafwyd pum munud maith ac annifyr o ddisgwyl.

Dafydd oedd y cyntaf i adnabod y Brawd Tudur ap Trefor pan ddaeth atynt.

'Iesu! Wt ti wedi ca'l cicowt o'r mynachdy'n barod!' crechwenodd.

'*Cucullum non monachum facit*, Dafydd, chwadal yr hen air Lladin,' atebodd y Brawd â'i wên hynaws, arferol a chan fwytho'r groes arian a hongiai dros ei frest. Yr oedd, er pan adawsai'r adeilad hwn dan chwythu bygythion a chelanedd, wedi cyfnewid ei abid wen am siwt lwyd, lyfn ei gwead a chymen ei thoriad a chrys polo di-goler du, a'i sandalau apostolaidd am esgidiau pigfain, gloywddu. Roedd gwallt a fu gynt yn llaes a seimlyd wedi ei docio a'i rwymo'n gudyn twt ar ei wegil. Gan fod *designer stubble* yn lled-guddio'i ên a chyffiniau ei weflau ymdebygai, ar yr olwg gyntaf, i'r enwog Dom Jones o Bontypridd yn cydnabod o'r diwedd ei fod yn fwy o gyfalafwr nag o ganwr, gan fod gliniadur mewn cas lledr du yn ei law dde.

'Bora da, bawb!' ebe'r mynach. 'Diolch yn fawr iawn ichi i gyd am gytuno i nghwarfod i'r bora 'ma!'

'Ma Eirlys a fi wedi treulio'r rhan fwya o'r wsnos dwytha ym Mharis,' oedd ateb swta Madog Morgan. 'Prin awr yn ôl y darllenon ni dy lythyr di, neu mi faswn wedi deud wrthat ti am gadw draw yn lle gwastraffu'n hamsar ni a chditha.'

'Rydw i'n hyderus y byddwch chi'ch dau, a chitha, Dafydd a Gwion, i gyd yn cytuno nad gwastraff amsar fu'n hoedfa ni ac felly, er mwyn inni ddechra mewn ysbryd priodol, caniatewch imi offrymu gweddi...'

'Tasat ti'n offrymu ych a hannar dwsin o ddefaid, fyddat ti ddim elwach,' gwawdiodd Dafydd gan ennyn cerydd ei nain.

'Dafydd! Rhag dy gwilydd di!'

Gwenodd y mynach yn raslon ar y llanc, gosododd ei liniadur ar y ddesg, plethodd fysedd ei ddwylo yn ei gilydd a chau ei lygaid. Efelychodd Myfanwy Morgan a'r Uwch-arolygydd ei ystumiau defosiynol.

'Bendithia, O Dad nefol, ein dyfodiad ynghyd heddiw'r

bore,' erfyniodd y Brawd Tudur, 'a hydreiddia ein meddyliau a'n calonnau ag ysbryd cymod, cytgord, cymrodedd a thangnefedd. Tydi sydd bob amser mor barod i faddau i ni ein dyledion fel y maddeuwn ninnau i'n dyledwyr. Amen!'

'Amen!' adleisiodd y ddau gredadun arall gydag arddeliad.

Roedd mudandod yr anffyddwyr yn herfeiddiol.

'Fel deudis i, Tudur,' ebe Madog, 'wela i ddim diban o gwbwl i'r cwarfod 'ma. Mi geith bob dim ei setlo mewn llysoedd barn. Cyhuddiad Eirlys yn d'erbyn di o drio'i threisio hi, dy gyhuddiad di mod i wedi dy bwnio di, a nghyhuddiad i dy fod di wedi nhwyllo i a lladrata Teleduwiol/Telesidonia odd'arna i.'

'Mr Madog Morgan,' ebe'r Uwch-arolygydd yn llawn urddas swyddogol, 'Ga' i fod mor hy â'ch cynghori chi i wrando ar yr hyn sydd gan Mr Tudur ap Trefor i'w ddeud wrthach chi? A gwrando'n astud. Mae o wedi bod mor garedig â datgelu ei genadwri wrtha i...'

'Ac wrtha inna,' ymffrostiodd Myfanwy Morgan.

'... a mi alla i warantu ichi y cewch chi'ch synnu, a'ch plesio ganddi ac y gnewch chi gytuno efo fi a'ch mam y byddach chi wedi bod ar 'ych collad yn ddirfawr, yn ddirfawr, Mr Morgan, petaech chi wedi troi clust fyddar ati.'

'Mi wela i nad ewch chi na fynta o'ma nes bydda i wedi clwad "y genadwri",' meddai Madog cyn troi at y Brawd a'i orchymyn: 'Llefara, broffwyd!'

Ar ôl diolch yn llaes i Mrs Myfanwy Morgan a'r Uwch-arolygydd Geraint Tryfan Williams am eu hymddiriedaeth a'u cefnogaeth, cyhoeddodd Tudur ei fod, y bore hwnnw, wedi ymweld â phencadlys yr Heddlu ym Maesclinca a gollwng ei gyhuddiad yn erbyn Mr a Mrs Madog Morgan. 'Efallai y byddwch chi, serch hynny,' meddai, 'yn dymuno parhau â'ch achos yn f'erbyn i. Os felly, fydd gen i ddim dewis ond cyflogi'r cyfreithiwr gora y galla i fforddio i amddiffyn f'enw da. Mi fydda'n ddrwg iawn gen i tai hi'n dŵad i hynny. Does gan yr un ohonan ni – fi, chdi Madog na chditha, Eirlys – le i ymfalchïo yn y rhan chwaraeodd o neu hi yn y ffrwgwd. Mi gâi gwasg y gwtar, Gymraeg a Saesnag, fodd i fyw yn gneud hwyl am 'yn penna ni.'

'Sdim ots 'da fi anghofio'r ffeit gawson ni, Tudur,' meddai Eirlys. 'Roeddwn i'n fwy nag abal i amddiffyn fy hunan, fel gwyddost ti. Nage fi fydde wedi ca'l crasfa petai Madog heb sdopo ni. Ond 'so i na Madog yn barod i anghofio dy drosedd fwya di. Twyllo Madog a dwgyd ei gwmni odd'arno fe.'

'Trosglwyddwyd perchnogaeth Telesidonia/Teleduwiol i mi mewn modd hollol onest, tryloyw a chyfreithiol, Eirlys,' meddai Tudur heb gyffroi'r mymryn lleiaf. 'Mi arwyddodd Madog, finna a'r tystion y ddogfen o'n gwirfodd ac o dan oruchwyliaeth cyfreithiwr.'

'Manteisiest ti ar ei wendid e!' haerodd Eirlys.

'Madog fanteisiodd ar fy nghyfeillgarwch a fy haelioni i, Eirlys.'

'Clywch, clywch!' cymeradwyodd Myfanwy Morgan tra rhuai Madog, Dafydd a Gwion eu llid anghrediniol. Aeth munudau heibio cyn i'r Uwch-arolygydd, yn rhinwedd ei swydd fel cadeirydd hunan-apwyntiedig, lwyddo i adfer trefn ac annog y Brawd Tudur i fynd rhagddo. Trodd y mynach at Madog ac meddai:

'Mi wt ti'n ddyn gonast, Madog, a mi 'nei di gyfadda,

rydw i'n siŵr, dy fod ti a Telesidonia mewn cyflwr go bethma pan gytunis i i gymryd *leave* o Fotheringay Abbey a dŵad yma i ofalu amdanat ti a'r cwmni?'

Amneidiodd Madog yn swrth ond mynnai Eirlys fod y mynach wedi ymelwa ar ymddiriedaeth ei gŵr trwy brynu Telesidonia am bunt.

'Ia, punt dalis i, ond cymwynas oedd hynny, Eirlys bach, nid twyll na brad,' oedd ateb talog Tudur. 'Doedd y cwmni ddim yn werth punt ar y pryd. Roedd o ar fin mynd yn fethdaliad, a chitha mewn peryg o golli'r cwbwl, gan gynnwys 'ych cartra hyfryd ar lan y Fenai. Mi achubwyd Telesidonia gan y cytundeb efo Godsworks. Conglfaen y cytundeb oedd mai fi oedd y perchennog. Yntê, Madog?'

'Meddat ti,' sgyrnygodd Madog.

'Ffaith, gyfaill, ffaith, ond tydw i ddim wedi dŵad yma i frolio fy hun nag i godi hen grachod,' ebe'r mynach.

'Taswn i'n gwbod ar y pryd dy fod ti am symud y cwmni o'r Dre ac o Gymru, faswn i rioed wedi seinio,' meddai Madog.

'Pan gymris i faich y cyfrifoldeb o arwain y cwmni odd'ar dy sgwydda di, Madog,' meddai'r mynach, 'doedd gen i, ar fy llw, ddim syniad, y bydda mudo i wlad arall yn bosibilrwydd ond rydan ni'n byw mewn byd oriog, ansicr a chyfnewidiol, byd ma pawb sy'n ennill ei damad ym myd diwydiant a masnach, o'r top i'r gwaelod, yn gorfod newid efo fo, neu drengi.'

'Ma nhwrna i wrthi'r munud 'ma yn llunio gorchymyn llys fydd yn dechra'r broses o ga'l y cwmni'n ôl a'i gadw fo'n y Dre.'

'I be?' holodd Tudur. 'I'w ailsefydlu o fel Telesidonia? Faint haws fyddat ti? Pwy sydd isio rhaglenni safonol, gwlatgarol, yn adlewyrchu bywyd Cymru ddoe a heddiw, yn addysgu'r Cymry ac yn ehangu eu gorwelion wrth eu diddanu nhw? Taswn i'n meddwl bod gynnoch chi obaith caneri o ga'l gneud rhaglenni felly eto, mi werthwn Teleduwiol yn ôl ichdi am y pris dalis i. Ma chwaeth yr oes a disgwyliada'r gwylwyr wedi newid ond mi all Teleduwiol, gyda chefnogaeth Godsworks, achub gwerthoedd Cristnogol y genedl rhag cael eu boddi gan y rwtsh global a'u darlledu nhw i gynulleidfa fyd-eang o filiyna.'

'Yn fy marn i, Tudur,' meddai Gwion yn dawel, 'ma'ch fersiwn chi o Gristnogeth yn perthyn i'r categori "rwtsh global".'

'Da iawn, Gwion!' cymeradwyodd Madog gan droi at Tudur a'i herio: 'Waeth gin i be ddeudi di. Mi cwffiwn ni chdi i'r pen draw, Tudur, doed a ddêl.'

'Taswn i'n d'erbyn di ar ben 'yn hun, ella bydda gen ti obaith,' ebe Tudur. 'Ond mi fydd Godsworks yn y sgwâr cyfreithiol hefo fi. Rydw i wedi gwerthu'r rhan fwya o nghyfranddaliada iddyn nhw. A chyn ichi nghyhuddo i o elwa'n bersonol, ga' i ddeud wrthach chi y bydd pob sentan yn mynd i Gronfa Cenhadaeth Dramor Abaty Fotheringay, i hyrwyddo prosiecta dyngarol yn Ethiopia. Darparu dŵr glân a ballu. Ond tydw i ddim wedi dŵad yma i daeru. Mwriad i, fel deudis i ar fy ngweddi, ydi dŵad â'r anghytgord anffodus yma i ben mewn modd cymodlon a Christnogol.'

'Chwara teg ichi, Tudur ar ôl iddyn nhw'ch trin chi mor wael!' porthodd Myfanwy Morgan. Trodd at ei mab a'i siarsio: 'Gwranda di ar be sy gynno fo i' ddeud, Madog!'

'Ma'r ffordd ymlaen rydw i 'n ei hargymell ar gyfar Teleduwiol wedi derbyn sêl bendith S4C a Llywodraeth y

Cynulliad sy'n awyddus i weld cwmni cynhyrchu o Gymru yn chwaraewr pwysig ar y llwyfan cyfryngol rhyngwladol,' cyhoeddodd Tudur.

'Bradwyr!' ebychodd Dafydd ac Eirlys gyda'i gilydd.

'Ond ma nhw, fel fi, yn meddwl fod cyfraniad unigryw Telesidonia, rhagflaenydd Teleduwiol, i'r diwydiant, sy ar gof a chadw yn y *back-catalogue* gwerthfawr, ac yn eiddo i Teleduwiol bellach, yn haeddu cydnabyddiaeth.'

'Chwara teg ichi!' coegodd Eirlys

'Cydnabyddiaeth ariannol, sylweddol, Eirlys,' pwysleisiodd Tudur. 'Hannar miliwn o bunna.'

Mwynhaodd y mynach, Myfanwy a Tryfan yr olwg syfrdan ar wynebau'r pedwar arall.

'Wel, Mr Morgan?' holodd yr heddwas.

'Wel, Madog? Be sy gin ti i' ddeud rŵan?' holodd yr hen wraig, wrth ei bodd.

Aeth dau funud cyfan heibio wrth i Madog Morgan, a phum pâr o lygaid yn rhythu arno, bendroni, cyn ateb yn groyw ac yn gadarn:

'Na, Tudur.'

'Na?' ebychodd triawd ei wrthwynebwyr ac roedd syndod ar wynebau ei gefnogwyr hefyd.

'Oni bai dy fod ti'n newid dy feddwl ynglŷn â symud y cwmni i Wlad Pwyl.'

Ochneidiodd y mynach ac meddai: 'Fel Cymro, ac fel rhywun sy wedi dŵad yn hoff iawn o'r hen Dre yn ystod y misoedd dwytha, rydw i'n dallt ac yn parchu dy safbwynt di ar y matar yma, Madog. Ond Cymro Ewropeaidd ydw i, ac yn falch o fod yn ddinesydd y wladwriaeth Ewropeaidd sy'n mestyn o Lannarch-y-medd i Lublin ac o Flaena Ffestiniog i Falaga, gwladwriaeth y ma'r farchad rydd yn gonglfaen ei chyfansoddiad democrataidd hi ac yn gwarantu rhyddid ei deiliaid. Mi faswn wrth fy modd tasan ni'n medru aros yma, ond fel pob cwmni masnachol a diwydiannol yn yr hen fyd cystadleuol yma, rydan ni dan orfodaeth i leoli'n gweithgaredda lle mae'r costa cynhyrchu rata. Mi ddyla pob Cymro gwlatgar, a Chymraes, lawenychu wrth weld 'yn diwylliant ni'n dŵad yn rhan o wead cyfoethog y gwareiddiad Ewropeaidd.'

'Mewn geiria erill,' heriodd Madog, 'mi geith y rhan fwya o'n pobol ni eu lluchio ar y clwt tra bydd ddyrnad yn ca'l y fraint o fudo i ben draw Pwyl i weithio am gyfloga llawar llai?'

'Ofer yw gwingo yn erbyn symbylau'r Farchnad, Madog, ma arna i ofn.'

'Mi 'nawn ni fwy na gwingo, y Brawd Tudur,' addunedodd Madog Morgan. 'Mi 'nawn ni – fi, nheulu i a'r staff, feddiannu'r adeilad 'ma, fel ma gweithwyr ym mhob ran o dy "wladwriaeth Ewropeaidd" grand di'n neud y dyddia hyn. Mi gawn ni bobol y Dre ac o bob cwr o Gymru i ddŵad atan ni. Deud hyn'na wrth Godsworks. Mi gollan ddiddordab yn Teleduwiol unwaith dechreuwn ni gicio'n erbyn y tresi.'

'Rydw i'n siomedig iawn, Madog, dy glywad di'n siarad mor anystyriol,' ebe Tudur ac amneidiodd yr heddwas a Myfanwy Morgan eu cydymdeimlad. 'Nid yn unig am dy fod di'n gwrthod cynnig hael ac anrhydeddus...'

'Hael ac anrhydeddus dros ben!' adleisiodd Myfanwy Morgan gan wgu ar ei mab.

'Un o'r slogana mwya ffuantus y gwn i amdani ydi "Nid yw Cymru ar Werth",' meddai Madog. 'Ma pob dim o bwys sy gynnon ni fel cenedl ar werth, ac wedi bod felly ers canrifoedd. Glo, mwyna, dŵr, tir, iaith a ma nhw hyd yn oed yn mynd â'n gwynt ni. Wel, dydi'r cwmni yma ddim ar werth, Tudur, a dydw inna ddim chwaith.'

'Rydw i'n dallt be wt ti'n ddeud ac yn cydymdeimlo fwy na gredi di, ond dallta bod datblygiada fel hyn yn arnorfod,' meddai Tudur yn addfwyn. 'Clyw. Rydw i'n meddwl y gallwn i berswadio'r cyfeillion yn y States i ddyblu'r iawndal. Miliwn, Madog. Miliwn o bunna, nid doleri nac ewros. Meddylia be allat ti neud dros yr hen Dre, dros yr Iaith a thros Gymru hefo miliwn. Be ddeudi di?'

'Dos yn fy ôl i, Satan!'

'Haleliwia!' bloeddiodd Gwion tra collfarnai'r Brawd Tudur a Myfanwy fyrbwylltra Madog Morgan ac ymbil arno i newid ei feddwl. Ond roedd gwên enigmatig ar wefusau ac yn llygaid Tryfan.

Aeth y Brawd rhagddo a thristwch yn ei lais: 'Rydw i'n hynod siomedig, Madog, nid yn unig am dy fod di wedi gwrthod cymod teg ac anrhydeddus ond am iti lithro'n ôl, mae'n amlwg, i'r pydew anffyddiol roeddwn i'n meddwl mod i wedi dy godi di ohono fo; a dy fod ti, yn ddyn yn d'oed a d'amsar, yn coleddu, unwaith eto, ddaliada anaeddfed a pheryglus dy laslencyndod, syniada sy'n atgas i bob dyn goleuedig am eu bod nhw'n bygwth y gwerthoedd a'r egwyddorion y ma'n gwareiddiad ni wedi eu sylfaenu arnyn nhw ers ymron i ddwy fil o flynyddoedd. Ma hynny'n siom bersonol imi, Madog. Yn arwydd digamsyniol fod fy ngweinidogaeth i yma wedi bod yn fethiant truenus. Gyda'r gofid mwya, felly, rydw i'n gorfod cydnabod nad oes gen i'r un dewis arall ond cyflwyno i'r Uwch-arolygydd dystiolaeth digamsyniol dy fod di, yn y gorffennol, wedi defnyddio dullia terfysgol i hyrwyddo dy amcanion gwleidyddol ac awgrymu'n gry wrtho fo bod d'elyniaeth amlwg di at y drefn ddemocrataidd yn ei gneud hi'n debyg y gnei di droi eto at derfysgaeth yn y gobaith o'i dymchwel.'

'Be wt ti'n baldaruo?' holodd Madog.

'Ma d'eiria di dy hun yn dy gondemnio di'n fwy effeithiol na dim ddeuda i,' atebodd Tudur gan agor ei liniadur, ei oleuo ac adleoli'r teclyn fel bod pob aelod o'i gynulleidfa fechan yn gallu gweld a chlywed y dyfyniad canlynol o'i raglen deyrnged i Madog Morgan:

TUDUR: Mi gawsoch chi'ch magu ar aelwyd Gristnogol, yn fab i'r Parch. Seimon Llefelys Morgan a'i wraig Myfanwy?

MADOG: Magwraeth rydw i'n fwyfwy gwerthfawrogol ohoni wrth i mi fynd yn hŷn.

(*Gwenodd Myfanwy Morgan ar ei mab am y tro cyntaf ers pythefnos*)

TUDUR: Roedd hi'n aelwyd wlatgar hefyd. Yn genedlaetholgar, hyd yn oed?

MADOG: Roedd Mam, Myfanwy Morgan, yn un o aeloda cynta Cymdeithas yr Iaith Gymraeg.

('Mi o'n i hefyd. Mi gymris ran yn y brotest yna, yn llythyrdy Dolgella. Ma nhw'n deud ma fi ydi Bet, cariad Dewi, yn *Cymru Fydd*, drama Mr Saunders Lewis,' ymffrostiodd Myfanwy tra dangosid clip o brotestiadau cynnar y Gymdeithas.)

TUDUR: A llosgi tai haf? Oeddach chi'n gefnogol i'r ymgyrch?

MADOG: Mi oeddwn i ar y pryd, a does arna i ddim cywilydd datgan hynny rŵan. Wnaeth y llosgi fawr o wahaniaeth i beth ddigwyddodd i gefn gwlad Cymru, y Fro Gymraeg, fel byddan ni'n ei galw hi, yn ystod y chwartar canrif dwytha, sef, carthu ethnig drwy ddulliau economaidd. Ond mi oedd hi, yn fy marn i, yn brotest gyfiawn yn erbyn trefn felltigedig sy'n bygwth bodolaeth Cymru fel gwlad a chenedl, ac yn erbyn diymadferthedd pleidia a mudiada a sefydlwyd i amddiffyn ein gwlad ni.

TUDUR: Gymroch chi'ch hun ran yn yr ymgyrch honno?

MADOG: 'Nes i rioed danio matsien na gosod ffrwydryn, ond mi 'nes i yrru'r car gludodd ddau gyfaill fu'n gyfrifol am ddifrodi ailgartref miliwnydd o Sais yn Nyffryn Clwyd'.

Diffoddodd Tudur ap Trefor y teclyn a throi at yr Uwch-arolygydd: 'Wel, Mr Williams?'

Trodd yr heddwas at Madog gyda chwestiwn cyffelyb: 'Wel, Mr Morgan? Be sy gynnoch chi i' ddeud?'

'Bod hwn yn fwy o fradwr na feddylis i,' oedd yr ateb swta.

'Ma'n rhaid 'ych bod chi'n cytuno efo fi, Mr Williams, fod yr hyn glywsoch chi yn brawf fod y Bonwr Madog Morgan yn euog o glodfori terfysgaeth ac o gymryd rhan mewn gweithred derfysgol?' meddai Tudur. 'Ac mai'ch dyletswydd chi ydi ei restio fo?'

'Ma 'na *prima facie case* o leia,' cydsyniodd yr heddwas.

'Nagoes siŵr iawn, Geraint! Be haru chitha, Tudur?' ebe Myfanwy Morgan. 'Rydw i'n synnu'ch clwad chi'n awgrymu'r fath beth a chitha gystal Cymry.'

'Cystal cachwr!' bloeddiodd Dafydd i wyneb gwrthrych ei lid a buasai wedi taro hwnnw oni bai i Gwion ei atal.

'Tudur, Tudur! Be dach chi wedi'i neud?' apeliodd Myfanwy Morgan. 'Sut allach chi riportio Madog am rwbath nath o, a fynta'n hogyn ifanc, flynyddoedd maith yn ôl? A chitha wedi deud wrtha i mor amal gymaint o feddwl sy gynnoch chi o Madog?'

'Mi ddyla sefyll dros gyfiawnder a thros Wareiddiad Cristnogol y Gorllewin ga'l blaenoriaeth dros deimlada personol a chenedlaetholdeb, Myfanwy.'

'Toedd llosgi tai haf ac ailgartrefi Saeson cefnog ddim yn derfysgaeth, siŵr iawn!' haerodd yr hen wraig.

'Oedd, Myfanwy,' anghytunodd y mynach gan ysgwyd ei ben yn ddifrifol. 'Yn torri cyfraith gwlad a chyfraith Duw.'

'Mi wyddon ni i gyd cyfraith pa wlad ydi honno!' fflachiodd Myfanwy gan ennyn cymeradwyaeth frwd ei hŵyr:

'Go dda rwan, Nain!'

'Ac os ydach chi'n meddwl bod Duw o blaid y mewnlifiad melltigedig sy'n difa'r iaith Gymraeg yn ei chadarnleoedd, mae o'n Dduw gwahanol iawn i'r un rydw i wedi'i addoli ers dros ddeg mlynadd a thrigian!'

'Wel, Mr Williams – ydach chi'n mynd weithredu'n unol â gofynion y gyfraith ac arestio'r terfysgwr?' gofynnodd Tudur ap Trefor.

'Na. Tydw i ddim am restio Mr Morgan, Mr ap Trefor,' oedd ateb pendant yr heddwas, a syfrdanodd yr holwr a'i wrthwynebwyr lawn cymaint â'i gilydd. 'Rydw i'n tueddu i gytuno efo Mrs Myfanwy Morgan. Allwch chi ddim galw gweithredoedd reit ddiniwad ddigwyddodd flynyddoedd yn ôl, heb niweidio neb, yn derfysgaeth. Fedrwch chi ddim, chwaith, o ddifri calon, gymharu Rhys Gethin a Meibion Glyndŵr efo Osama Bin Laden ac Al-caida.'

'Alla i ddim coelio nghlustia!' ebychodd Tudur.

'Goeliwch chi, Mr ap Trefor, fod llawar ohonan ni, hogia Cymraeg y Ffôrs, yn reit gefnogol i'r Meibion, ar y pryd? Dyna pam na ddaliwyd nhw. Dim ond meddwl am yr ôferteim a'r tâl am weithio oria anghymdeithasol oedd rhai, ma'n rhaid cyfadda, ond mi oedd gwladgarwch y rhan fwya ohonan ni'n gwbwl ddiffuant.'

Parodd datganiad annisgwyl yr heddwas i bedwar o'i wrandawyr guro'u dwylo'n frwd.

Gyda chryn anhawster y llwyddodd y Brawd Tudur ap Trefor i ffrwyno'i ddicter wrth holi: 'Felly, Mr Uwch-arolygydd Geraint Tryfan Williams, dydach chi ddim yn mynd i restio Mr Madog Morgan?'

'Nac ydw, Mr Tudur ap Trefor,' oedd ateb pendant yr heddwas, 'ond ma'n rhaid imi restio rhywun cyn mynd o'ma.' Trodd ei olygon i gynnwys y pedwar arall yn ei sylwadau wrth egluro: 'Fel pawb yn y sector gyhoeddus y dyddia hyn, rydan ni yn yr Heddlu yn gorfod cyrradd targeda penodol bob mis ac oherwydd mod i wedi penderfynu peidio â'ch restio chi, Madog, beryg iawn y bydd fy sgôr i am arestiada am drosedda difrifol yn is na'r nod ac yn golygu na cha' i ac aeloda fy nhîm ein bonws arferol. Felly ga' i ofyn i unrhyw un ohonoch chi all fy helpu i neud hynny rŵan?'

'Eich helpu chi? Shwt gallen ni?' holodd Eirlys.

'Trwy gyfadda eich bod chi wedi torri rhyw gyfraith yn

ddiweddar. Wedi cyflawni drwgweithred go ysgeler. Tydi parcio ar linall felyn ddwbwl, gollwng sbwrial ar y stryd a ballu ddim yn cyfri.'

'Ydach chi o ddifri?' holodd Madog.

'O ddifri calon, Madog,' meddai Tryfan a syllu i fyw llygaid pob un o'i wrandawyr yn ei dro. 'Ma 'na un ohonach chi, yn y stafall yma, wedi bod wrthi'n troseddu'n hegar iawn, dros gyfnod o flynyddoedd. Twyll ariannol, lladrata a chamddefnyddio cardia credyd, delio mewn cyffuria, ymddygiad anweddus mewn mannau cyhoeddus, ymosodiadau rhywiol a dynwared clerigwyr at bwrpasau anghyfreithlon.'

Fel y siaradai'r heddwas caeodd Tudur ei liniadur a chychwyn am ddrws y swyddfa.

'Lle dach chi'n mynd, Mr Tudur ap Trefor?' holodd Tryfan yn awdurdodol.

'I chwilio am gyfiawnder yn rwla arall,' atebodd y mynach a'i law ar handlen y drws ond cyn iddo allu ei agor roedd un o ddwylo mawr yr heddwas yn cuddio honno a'r llall ar ei war.

'Mi cewch chi o'n fa'ma, rŵan hyn ac mewn brawdlys maes o law – Mr Tudor Bright!' datganodd Tryfan yn fuddugoliaethus.

'Be galwoch chi fi, ddyn?' holodd y mynach yn eofn.

'Tudor Bright,' meddai'r Uwch-arolygydd gan daro pâr o gyffion yn ddeheuig am arddyrnau ei ysglyfaeth. '*Alias* y Brawd Tudur ap Trefor, the Reverend Trevor Tudor, Vicar of All Saints, Chipping Sodbury, Father Thomas O'Toole of Wexford, Rabbi Isaac Kidman of Golders Green Synagogue, Dr Kurt Fahrt S.J., Chaplain to His Grace, the Archbishop of Salzburg, a dega o *aliases* eraill... rydw i'n eich restio chi ar amheuaeth o gyflawni rhestr faith o droseddau ariannol a rhywiol a rhai'n ymwneud â chyffuriau. Does ddim raid ichi ddeud dim ond gellir defnyddio unrhyw beth a ddywedwch fel tystiolaeth yn eich erbyn mewn llys barn.'

Dyrchafodd y ffug-fynach ei lygaid fry a gweddïo: 'Gwared fy enaid, O Arglwydd, oddi wrth wefusau celwyddog ac oddi wrth dafodau tywyllodrus.'

Llusgodd yr Uwch-arolygydd y twyllwr i gornel bellaf y swyddfa a'i luchio i'r llawr â chyn lleied o barch â phetai'n feddwyn ar Faes y Dre ar nos Sadwrn. Yna dododd bâr arall o gyffion am fferau'r carcharor. 'Mi wt ti'n gneud andros o gamgymeriad, Tryfan,' haerodd hwnnw.

'Mi 'nest titha un, Bright,' meddai Tryfan, 'pan ddest ti i'r stesion i riportio Mr Morgan am roid stid ichdi, un roeddat ti'n ei llwyr haeddu, gyda llaw. Mi oedd y sarjant oedd yn digwydd bod wrth y ddesg wedi bod efo'r Met am sbel a mi nabododd chdi fel conman o fri buon nhw ar ei ôl o am flynyddoedd – nhw a phlismyn yn Ostrelia, Canada a Mericia. Mi gadarnhaodd DNA dy fysadd blewog di ar y datganiad seinist di na chdi oedd y boi fuon nhw'n chwilio amdano fo.'

'Ga' i ffonio nhwrna?'

'Gobeithio'i fod o'n un da. Rydan ni wedi cysylltu hefo East Midlands Constabulary a chlwad, yn ddiddorol iawn, eu bod nhw â'u llgada ar Fotheringay Abbey ers misoedd.'

Trodd Tryfan i annerch y lleill: 'Mi synnach, gyfeillion, be sy'n mynd ymlaen yn y lle hwnnw. Ella na synnwch chi ddim ar ôl nabod hwn!'

Rhoddodd yr Uwch-arolygydd gic chwareus i sennau'r carcharor cyn mynd yn ei flaen: 'Blacmelio rhei oedd wedi dŵad i'r abaty am iachâd, smyglo pobol wedi eu gwisgo fel mynachod i mewn ac allan o'r wlad, smyglo cyffuria, golchi arian budron oligarchiaid a gangsteriaid Rwsia...'

'Celwydd!' gwaeddodd y carcharor. 'Rhaid imi ga'l ffonio nhwrna!'

'Mi gei di o dy gell yn Maesclinca,' crechwenodd yr Uwch-arolygydd a galw drwy gyfrwng ei ffôn symudol ar y Pencadlys i anfon car i Teleduwiol 'i nôl y sinach pumpwynebog sy gin i yma ichi'. Yna trodd at Eirlys a chynnig mai 'panad fasa'n dda, nghariad i, tra ydan ni'n disgwl amdanyn nhw'.

Dewisodd Eirlys anwybyddu goblygiadau siofinistaidd yr awgrym. 'Awn ni draw i'r gegin,' meddai cyn ailfeddwl a holi gan bwyntio at y Tudur diymadferth, 'ond beth amdano fe?'

'Eith o ddim ymhell!' chwarddodd Tryfan a chic arall i'r conman.

'Rho ganiad i Mari i ddeud wrthi am beidio â gwastraffu rhagor o'i hamsar yn swyddfa Dei Ara-deg,' meddai Madog wrth Gwion fel y dilynai'r pedwar gwryw Eirlys o'r swyddfa

"Na rwy'n drial neud ond rwy'n ffili ca'l drwodd,' atebodd yntau. 'Af i 'co i whilo amdani.'

Oedodd Myfanwy Morgan ger y drws cyn troi a mynd draw at y gŵr a adwaenai tan yn ddiweddar fel y Brawd Tudur ap Trefor ac edliw iddo'r tro gwael yr oedd wedi ei wneud â'i mab. Syrthiodd y gau fynach ar ei fai yn ebrwydd:

'Methu madda iddo fo o'n i, Myfanwy, mwya nghhwilydd, *mea culpa, mea culpa, mea maxima culpa!* Methu madda iddo fo am droi ei gefn ar yr Efengyl a ninna wedi cyd-addoli, cyd-weddïo a chyd-ymprydio'n feunyddiol ers misoedd lawar. Finna'n meddwl mod i wedi llwyddo i dynnu Madog o gors alcoholiaeth ac anffyddiaeth, a'r cwbwl yn mynd yn ofar am 'yn bod ni'll dau wedi bod mor ffôl ac mor gnawdol â syrthio i fagl roedd dynas ddel, ddichellgar ac annuwiol wedi 'i pharatoi ar 'yn cyfar ni. Nid Madog na fi ydi'r dynion canol-oed cynta i gael eu hudo i bechu gan hudoles ddigywilydd fel 'ych merch-yng-nghyfrath, Myfanwy, ond mi ddylwn i, fel Cristion, fod wedi madda i Madog, gan i minna gwympo.'

'Be am y petha ddeudodd Geraint Tryfan amdanoch chi, Tudur?' holodd Myfanwy nad oedd wedi ei hargyhoeddi'n llwyr gan ei gyffes.

'Ma gweision yr Arglwydd wedi gorfod diodda ca'l eu gwatwar a'u henllibio er pan fu O 'i hun ar y ddaear, Myfanwy. Ond dydw i ddim yn cwyno, canys "Gwyn eich byd pan y'ch gwaradwyddant ac y'ch erlidiant ac y dywedant bob drygair yn eich erbyn, er fy mwyn i...'

'"A hwy yn gelwyddog", Tudur... Ma arna i ofn bydd raid ichi fynd o flaen 'ych gwell cyn cawn ni atab i'r cwestiwn hwnnw,' meddai Myfanwy Morgan a chychwyn am y drws.

'Myfanwy!' galwodd Tudur a thinc wylofus yn ei lais. 'Newch chi un gymwynas fach â fi cyn mynd? Ma 'na BlackBerry yn mhocad y siaced 'ma. Fasach chi ddim yn ei thynnu hi allan imi?'

Safodd Myfanwy'n stond a throi ato'n syn: 'Mwyar duon ydach chi'n feddwl? I be...'

'Naci,' meddai Tudur gan wenu er ei waethaf. 'Ffôn symudol. Mi glywoch chi'r plisman 'na'n gwadu fy hawlia dynol, democrataidd i wrth wrthod imi ffonio nhwrna. Dyna i gyd rydw i isio'i neud.'

'Ia, wel, ma gynnoch chi hawl i hynny, debyg,' meddai Myfanwy a gwneud yr hyn a ofynnodd. 'Os ydi be ddeudodd Geraint Tryfan yn wir, rydach chi'n ddyn drwg iawn, Tudur, ond os ydach chi'n ca'l cam, mae o'n gam ofnadwy,' meddai a gadael y stafell.

Byseddodd Tudur sgrin y teclyn tenau yn eiddgar a phan atebwyd ei alwad sibrydodd yn daer iddo: 'Agent Bright, code name Halo to CIACymru! Agent Bright, codename Halo to CIACymru! Mayday! Mayday! Mayday! I'm surrounded by bad guys, candidates for special rendition. Cover will be blown unless you locate and liberate me immediately. Repeat: immediately! I'm handcuffed and footcuffed on second floor of this building. Get me out of here! I'm an agent! Mayday! Mayday! Mayday!'

Ymwelodd Myfanwy Morgan â'r tŷ bach cyn ymuno â Madog, Eirlys, Dafydd a Tryfan yn y gegin.

Erbyn hynny roedd hofrennydd du wedi codi o faes awyr Canolfan Filwrol NATO yn y Fali, Môn, ac yn anelu am y Dre.

Gwrandawodd Tryfan gyda diddordeb a Myfanwy Morgan gyda chwithdod ar hanesion y tri arall am dwyll, rhagrith ac afledneisrwydd y Brawd Tudur ap Trefor yn ystod ei deyrnasiad fel rhaglaw Telesidonia/Teleduwiol. Yna, ar gais Madog, dadlennodd Tryfan yr hyn a wyddai ef a rhai o'i gyd-swyddogion yn Heddlu Gogledd Cymru am gefndir y twyllwr:

'Adyn ar gyfeiliorn os bu un erioed, gyfeillion,' dyfarnodd yr Uwch-arolygydd, 'er nad oedd ganddo fo'r un esgus dros hynny, a fynta'n unig-anedig fab i'r Canon Trevor Bright, Rheithor Llanllechfaen yn Nyffryn Ogwan. Ac er fod Mab y Person a Mab y Mans yn mynd ar ddisberod yn un o stereoteips llenyddiaeth Gymraeg o ddyddia Daniel Owen hyd heddiw, eithriada ydi'r hogia drwg iawn, fel rydw i'n siŵr y byddach chi, Myfanwy, a chitha, Madog, yn cytuno? Ond mi oedd Tudor Bright yn hogyn eithriadol o ddrwg yn ystod ei lencyndod, yn fwli, yn feddwyn, yn potshian hefo cyffuria, a'i agwedd o at ei athrawon ac oedolion yn gyffredinol, yn haerllug a hollwybodus.

'Pan oedd o tua deunaw, a'r Parch. a Mrs Bright i ffwr yng Nghenia mewn cynhadledd eciwmenaidd, galwyd yr heddlu i Reithordy Llanllechfaen gan gymdogion yn cwyno fod y tŷ a'r cyffinia wedi'u meddiannu gan heidia o ienctid, meddw, uchal eu cloch. Wedi iddyn nhw ymateb i'r alwad mi welon bod dim llai nag orji a ffair gyffuria'n digwydd yno, ond o barch at y Rheithor druan a'i wraig, rhybudd gan yr heddlu oedd yr unig gosb dderbyniodd y mab a'i westeion anystywallt.

'Mi feddyliodd rhieni Tudor Bright a'r plwyfolion fod ei benderfyniad i studio am radd ym Mhrifysgol Caerdydd, ac am aelodaeth o'r offeiriadaeth yng Ngholeg Llandaf yn arwydd ei fod o wedi dŵad at ei goed ond y ffaith drist oedd mai wedi wedi magu cyfrwystra wrth guddio'i gamwedda yr oedd o. Beth bynnag i chi, mi raddiodd yn ddisglair iawn, mewn Astudiaethau Beiblaidd a Seicoleg, pynciau fu o fudd mawr iddo fo fel twyllwr proffesiynol, a mynd yn giwrat i blwy yng ngogladd Lloegar.'

'Yn Middlesbrough?' holodd Eirlys.

'Ia, Eirlys. Sut gwyddoch chi hynny?' holodd Tryfan.

'Tudur ei hun ddeudodd wrtha i,' ebe hithau dan wrido mymryn.

'Ddeudodd o wrthach chi ei fod o wedi beichiogi merch ifanc, un ar bymthag, achosi i wŷr dwy wraig briod eu hysgaru nhw, a throi cyfarfodydd Clwb Ienctid ei ofalaeth yn sesiyna yfad ac arbrofi hefo cyffuria?'

'Ddwedodd e mo hynny wrtho i,' cyfaddefodd Eirlys.

'Ymhen hir a hwyr – ma'r eglwysi'n hirymarhous a goddefgar iawn mewn achosion o'r fath – diswyddwyd "Father Bright" a mi ddiflannodd odd'ar y radar eglwysig. Ond nid un yr Heddlu. Dyna pryd y dechreuodd o 'i yrfa lawn amsar fel conman eciwmenaidd, llwyddiannus dros ben nes iddo fo dramgwyddo'r awdurdoda yn Romania drwy gamddefnyddio arian ac adnodda elusen a sefydlwyd i helpu plant bach amddifad. Ond mi lwyddodd Bright, ysywaeth, i lwgrwobrwyo aeloda o heddlu Bucharest, sy, fe ymddengys, dipyn llai cydwybodol a phroffesiynol na Heddlu Gogledd Cymru, a diflannu. Mi wyddon ni rŵan iddo fo ga'l seintwar a lloches yn Abaty Fotheringay, a fydd, mi fyddwch chi'n falch o glwad, gyfeillion, yn darged cyrch gan Heddlu Swydd Northampton yn ystod y dyddia nesa.'

Wrth i Tryfan ddechrau disgrifio'r hyn a ragwelai fel dyfodol caethiwus y Bonwr Tudor Bright boddwyd ei eiriau gan ddwndwr dychrynllyd uwchben yr adeilad ac yna o'r maes parcio y tu ôl iddo.

'Nefoedd yr adar!' ebychodd Tryfan. 'Ofynnis i ddim am helicoptar! Dim ond car!'

'Debyg iawn mai un o rei'r Mountain Rescue ne'r Ambiwlans Awyr ydi o?' awgrymodd Dafydd wrth i sŵn yr injan dawelu.

'Be gythral fasa rheini isio'n fan hyn?' holodd Tryfan a digio'n saith gwaeth pan glywsant drwst traed trymion yn esgyn y grisiau ar frys. 'Os mai'n hogia i sy 'na, mi gân' uffar o ram-tam!' addawodd a chamu at y drws agored fel y rhuthrodd haid o ddynion mewn lifrai ddu, wrth-derfysgol i mewn i'r gegin. Cuddiai mygydau sgïo eu hwynebau ac roedd gan bob un wn ar ei gefn a'i glun a phastwn trwm, telesgopig yn ei law.

Colbiodd arweinydd y cyrch yr Uwch-arolygydd yn ddidostur nes cwympodd hwnnw i'r llawr yn ddiymadferth. Yr un fu tynged Madog, Dafydd ac Eirlys am anwybyddu'r gorchymyn croch: 'Get down on the floor! Get down on the floor! Put your hands on your heads and get down!' a cheisio'u hamddiffyn eu hunain.

'Don't whack Granma,' gorchmynnodd yr arweinydd ond pan deimlodd hwnnw nerth bôn braich a hanbag Myfanwy Morgan ar draws ei wep ddu cafodd hithau'r un driniaeth â'r lleill.

Dychwelodd Marian a Gwion o swyddfa'r twrna yn afieithus oherwydd y fuddugoliaeth syfrdanol ac annisgwyl dros y Brawd Tudur.

Sobrwyd hwy gan yr hyn a welent wrth gyrraedd y Ganolfan Deledu: gŵr arfog, du ei ddiwyg yn gwarchod drws agored yr hen gapel a thorf fechan o aelodau o weithlu Teleduwiol a fforddolion yn sefyllian yn y stryd gan daflu ambell gipolwg bryderus i'w gyfeiriad a sibrwd yn ofidus â'i gilydd. Arswydwyd y ddeuddyn a phawb arall gan yr hyn a welsant nesaf, sef, cymrodyr ceidwad y porth yn cario o'r adeilad bedwar corff diymadferth a chydau oren dros eu hwynebau a'u hysgwyddau. Adwaenodd Marian a Gwion ddillad ac esgidiau Madog, Eirlys, Myfanwy a Dafydd.

'Sdopia nhw, Gwion!' sgrechiodd Marian a buasai wedi ceisio gwneud hynny ei hun oni bai i Winnie, a safai gerllaw, roi ei breichiau amdani a'i rhwystro.

'Isht! Isht! Paid! Paid!' murmurodd Winnie yng nghlust

ei chyfeilles, 'neu mi ân' nhw â chditha. Ma nhw wedi bod yn chwilio amdanach chi'ch dau'.

'Pwy y'n *nhw?*' holodd Gwion.

'Dwn 'im. Iancs. Ffrindia Tudur,' ebe Winnie a disgrifio sut y bu hwnnw, a'i lu yn gefn iddo, yn ei holi hi a'r lleill, cyn eu hel o'r adeilad.

Fel y siaradai Winnie, daeth Tudur drwy'r drws a sefyll ar ben y grisiau ithfaen gan rythu'n oeraidd ar wynebau'r rhai a safai yn y stryd.

'Cuddiwch 'ych gwyneba!' gorchmynnodd Winnie ac ufuddhaodd y ddau arall nes iddi ddweud yn y man: 'Ocê. Mae o wedi mynd.'

'Be sy wedi digwydd? Pwy ddiawl oedd rheina?' holodd Marian yn orffwyll wrth i'r hofrennydd du godi'n drystfawr dros yr hen gapel.

'Ma'r rhyfel yn erbyn terfysgaeth wedi cyrraedd y Dre 'ma,' meddai Gwion. 'A'r terfysgwyr enillodd y rownd gynta.'

... *CIA-CYMRU YN CHWALU CYNLLWYN TERFYSGOL YNG NGWYNEDD ... CANNOEDD O FYWYDAU MEWN PERYGL ... 4 YN Y DDALFA ... 2 ARALL AR FFO ... MWY O FILWYR I'W HANFON I IRAN ... MICHAEL JACKSON ... ATGYFODIAD YMHEN TRIDIAU...*